www.tredition.de

Labormaus Minnie ist das Produkt eines misslungenen Tierversuchs. Minnie ist riesig und hochintelligent. Die Supermaus entkommt dem Sicherheitslabor und findet Gleichgesinnte. Gemeinsam setzen sie sich mit außergewöhnlichen Mitteln für den Schutz von Tieren und für eine humane Forschung als Gegenentwurf zum Tierversuch ein. Wird es ihnen gelingen?

Die abenteuerliche Geschichte der Labormaus Minnie hat einen realen Hintergrund und ermöglicht Einblicke in den schwer durchschaubaren Dschungel der Tierversuchsforschung. Die allermeisten Karrieren in der Biomedizin basieren auf Tierversuchen. Viele Experimentatoren haben die menschliche Gesundheit aus ihrem Blickfeld verloren. Es gibt Patente auf Lebewesen und einen millionenschweren Markt für gentechnisch veränderte Tiere, während die Erforschung neuer tierfreier Testmethoden chronisch unterfinanziert ist, obwohl diese Forschung ganz unmittelbar der menschlichen Gesundheit dient. Glücklicherweise erkennen immer mehr Wissenschaftlerinnen und Wissenschaftler diesen Missstand und Labormaus Minnie ist nicht die einzige, die dieses sich selbst erhaltende System der Tierversuche abschaffen will.

Die Personen, die Handlung und die Orte der Handlung der Geschichte sind frei erfunden. Sollte es Ähnlichkeiten und Übereinstimmungen mit existierenden Personen geben, sind diese rein zufällig und nicht von der Autorin beabsichtigt.

Claudia Hämmerling

Labormaus Minnie hat es satt

Eine Tierschutzgeschichte für Groß und Klein

www.tredition.de

© 2016 Claudia Hämmerling
Umschlag, Illustrationen: Heinz-Jürgen Werbeck

Verlag: tredition GmbH, Hamburg
ISBN
Paperback: 978-3-7345-4214-5
e-Book: 978-3-7345-4215-2

Printed in Germany

Das Labor

Minnie war geblendet, als sie das erste Mal ihre schwarzen Knopfaugen öffnete. Sie und ihre acht Geschwister lagen dicht an ihre Mutter gekuschelt. Vorsichtig blinzelte Minnie, um sich an das grelle Kunstlicht zu gewöhnen. Sie befand sich in einer durchsichtigen Plastikbox. Überall im Raum konnte sie solche Plastikboxen sehen. In all diesen Boxen lebten Mäuse, die ihrer Mutter und ihren Geschwistern zum Verwechseln ähnlich sahen.

In regelmäßigen Abständen kamen Zweibeiner in den Raum und öffneten die Mäuseboxen. Dann gab es Futter und frische Sägespäne. Manchmal schrieb jemand etwas auf einen Zettel und befestigte ihn vorn an einer Box. Ab und zu wurden Mäuse aus den Kästen genommen, oder die kompletten Kästen verschwanden mitsamt ihren Bewohnern und wurden durch neue Kästen mit anderen Mäusen ersetzt. In den Gesichtern der Zweibeiner konnte man schlecht lesen, weil ihre Köpfe durch Hauben und einen Mundschutz verdeckt waren.

Zwei Tage nachdem Minnie das Licht der Welt erblickt hatte, war ein Zweibeiner gekommen und hatte ihre Box geöffnet. Er hatte sie auf einen Tisch gesetzt und mit einem scharfen Skalpell ein Stück von ihrem Mäuseschwänzchen abgeschnitten. Das hatte höllisch weh getan. So war es auch ihren Geschwistern ergangen. Aber der Schmerz war nicht das Schlimmste gewesen. Sechs ihrer Geschwister waren nach der brutalen Behandlung nicht wieder zurück in den Kasten zur Mäusemutter gekommen. Minnie hatte sie nie wieder gesehen.

Immer wenn Minnies Box geöffnet wurde, verhielten sich die Zweibeiner auffällig. Sie bekamen große runde Augen, riefen ‚Oooh' und diskutierten aufgeregt miteinander. In der folgenden Lebenswoche wurde es eng in Minnies Box. Minnies Geschwister quengelten und die Mutter ermahnte sie: „Minnie, friss nicht so viel. Du wirst viel zu groß! Du siehst schon gar nicht mehr aus wie wir Mäuse." Minnie musste ihr Recht geben. Sie war wirklich sehr viel größer als alle anderen Mäuse im Labor. Außerdem hatten ihre Geschwister einen dunkelbraunen Pelz, während ihr Fell eher rötlich-braun schimmerte. Bald musste Minnie ihren Bauch einziehen und sich eng an die Wand des Kastens drücken, wenn ihre Geschwister spielen wollten. Im Alter von drei Wochen war Minnie bereits vier mal größer als ihre Mutter.

Eines Morgens trat eine Gruppe Zweibeiner vor Minnies Kasten. Ein Mann mit einer dicken Hornbrille und so üblem Mundgeruch, dass der sogar durch den Mundschutz drang, beugte sich über die Mäusefamilie und erkundigte sich: „Diese Riesenmaus soll nur drei Wochen alt sein, Frau Jahnke?"

Frau Jahnke, eine Laborantin, die die Mäuse regelmäßig versorgte und die Kästen sauber hielt, erwiderte: „So ist es, Herr Professor Pickel. Deshalb bat ich Sie hierher. Diese Maus ist ein ganz ungewöhnliches Exemplar. Der Gentest war erfolgreich. Sonst hätte ich sie aussortiert. Diese Maus verfügt über alles, was transgene Doogie-Mäuse ausmacht. Ihr Erbgut ist so gut wie identisch mit dem der anderen Mäuse. Ich habe keine Erklärung, warum sie so viel größer ist, als alle anderen Labormäuse. Möchten Sie, dass dieses Tier auch für die Versuche vorbereitet wird?"

Professor Pickel untersuchte Minnie und sagte: „Interessant ist die Maus schon. Sie sieht wirklich anders aus als unsere Zuchtlinien. Doch mit einer einzelnen Riesenmaus kann ich nichts anfangen. Die würde nur die Testergebnisse verfälschen. Nein, ich habe keine Verwendung", sagte er und er ordnete an: „Frau Jahnke, kümmern Sie sich darum, dass die Maus aus der Gruppe genommen und entsorgt wird!"

Seit ein paar Tagen konnte Minnie sehr gut verstehen, was die Menschen sagten. Sie und ihre Artgenossen waren Versuchstiere. Über

viele Maus-Generationen hatten die Menschen immer wieder Tiere mit demselben speziellen Gen, das Einfluss auf die Gedächtnisleistung des Gehirns besitzt, miteinander verpaart. Die Menschen bezeichneten diese Mäuse, die sich auch äußerlich ähnelten, wie ein Ei dem anderen, als transgene Mäuse. Das Ergebnis der letzten Experimente war vielversprechend. Alle Mäuse hatten ein deutlich besseres Gedächtnis als ihre Artgenossen. Die Menschen hatten ihnen den Namen Doogie-Mäuse gegeben.

Minnie hatte begriffen, dass sie getötet werden sollte und war starr vor Entsetzen, als Frau Jahnke sie mit einem routinierten Griff von ihrer Familie trennte und in einen baugleichen Kasten setzte, der auf dem Tisch bereitstand.

„Ich kümmere mich später darum", sagte die Laborantin. „Ich muss rasch eine Sendung Doogie-Mäuse für das Max-Moritz-Institut zusammenstellen. Frau Professor Knatterkopf braucht wieder einmal dreißig Tiere für ihre Hirnforschung. Neulich habe ich mit einer Kollegin aus ihrem Forschungslabor gesprochen. Es ist wirklich bemerkenswert, was sie mir erzählt hat. Frau Professor Knatterkopf ist eine Koryphäe auf ihrem Gebiet. Sie forscht seit mehr als dreißig Jahren an Alzheimer. Das ist sehr wichtig, weil immer mehr Menschen an dieser Gedächtnis-Erkrankung leiden, die aus erwachsenen Menschen hilflose Kleinkinder macht. Mit jedem Mäuse-Experiment kommt Frau Professor Knatterkopf den Krankheitsursachen etwas näher."

Die Forscher im Raum nickten zustimmend. Während die Laborantin den Raum verließ, stellte Professor Pickel fest: „Ja, wir Forscher machen alle einen verantwortungsvollen Job. Ohne unsere Tierversuche würde es keine Medikamente geben und viele Menschen müssten sterben. Vor zwei Jahren ist es Frau Professor Ehrenpreis gelungen, einen gefährlichen Hirntumor bei transgenen Mäusen zu heilen. Mit unseren Tierversuchen retten wir Menschenleben. Es will mir einfach nicht in den Kopf, dass es Menschen gibt, die das nicht begreifen wollen und gegen Tierversuche protestieren."

Rettung in letzter Minute

Als die Menschen den Raum verlassen hatten, wich die Angststarre von Minnie. Sie befand sich in einer Plastikbox auf dem Labortisch. Diese Box verfügte nicht einmal über Einstreu. Fieberhaft überlegte sie, wie sie sich retten konnte. Sie stemmte sich gegen den Deckel und versuchte, den Behälter zu öffnen. Vergebens. Minnie spürte, wie sich ihre Nackenhärchen vor Angst aufstellten. Sie zwang sich zur Ruhe und überlegte. Im Geist organisierte sie ihre Flucht. In dem Moment, wo jemand den Deckel ihrer Box öffnete, wollte sie davonlaufen. Sie würde nicht kampflos aufgeben. Aber ihr war klar, dass das kein besonders guter Plan war, zumal sie nicht wusste, was sie hinter der verschlossenen Tür des Laborraums erwarten würde.

Während Minnie diese Überlegungen anstellte, öffnete sich die Tür. Frau Dr. Traunich kam ins Labor zurück. Sie war zuvor bei der Gruppe Forscher gewesen, die Minnie einer genauen Betrachtung unterzogen hatte. Frau Traunich war Tierärztin und arbeitete als Tierschutzbeauftragte im Labor. Jedes Versuchslabor hatte eigene Tierschutzbeauftragte. Minnie fragte sich, wozu es Tierschutzbeauftragte gab, wenn die zuließen, dass überzählige Tiere, für die es keine Verwendung gab, einfach getötet werden durften.

Minnies Frage nach dem Sinn von Tierschutzbeauftragten war durchaus berechtigt, denn die Möglichkeiten von Frau Traunich waren sehr begrenzt. Es stand ihr lediglich zu, darüber zu wachen, dass die Versuchstiere in den Laboren ordentlich versorgt und nicht mehr als nötig gequält wurden. Gleichzeitig hatte sie die Aufgabe, die Experimentatoren bei der Formulierung ihrer Tierversuchsanträge zu unterstützen, damit diese später problemlos genehmigt werden konnten. Mehr gab die Rechtslage nicht her. Glücklich war Frau Traunich darüber nicht, dass so viele Mäuse in den Tierversuchen getötet wurden, doch ändern konnte sie es nicht. Sie beruhigte ihr schlechtes Gewissen damit, dass die Versuche dazu dienen sollten, Krankheiten zu heilen.

„Na du hübsche Riesenmaus, du kommst mit in mein Büro! Es ist doch grässlich, dass so viele Mäuse getötet werden, nur weil sie mit den falschen Erbanlagen auf die Welt gekommen sind. Hätte ich bloß diesen

Job nicht angenommen!", seufzte sie. Dann klemmte sie sich Minnies Plexiglasgefängnis unter den Arm und verließ das Labor.

Sie trat durch eine Tür, die sich erst öffnete, als sie eine Chipkarte in einen Kartenleser gesteckt hatte. Dann betrat sie einen kleinen Raum. Sie zog ihren Kittel aus und warf ihn zusammen mit den Plastiktüten, die sie über die Füße gezogen hatte, der Haube und dem Mundschutz in extra hierfür bereitgestellte Behälter. Anschließend öffnete sie mit ihrer Chipkarte eine weitere Tür, die zu einem Gang in das Nachbargebäude führte.

Nach einem kurzen Weg betrat sie ihr Büro und stellte die Box mit Minnie auf einem kleinen Regal ab. Überrascht sah sich Minnie um. Hier war die Welt ganz anders als im Labor. Statt weißer Fliesen gab es hellblau getönte Tapeten. An der Wand hingen farbige Bilder. Da gab es Holzregale mit Aktenordnern und Büchern und einen Bürotisch mit einem Computer. Auf dem Fensterbrett standen Grünpflanzen und durch die Glasscheiben drang warmes Tageslicht.

Frau Traunich hatte sich an ihren Schreibtisch gesetzt. Sie war einer spontanen Eingebung gefolgt, als sie die Box mit der Maus aus dem Labor mitgenommen hatte. Jetzt betrachtete sie das Tier in Ruhe. Gesund sah sie aus, diese Maus. Sie hatte rötlich-braunes, glänzendes Fell, große runde Öhrchen und schwarze Knopfaugen. In Größe und Gewicht ähnelte sie eher einer übergroßen Ratte. Ein Stück ihres Schwanzes fehlte. Der wurde allen transgenen Mäusen im Labor für eine Schwanzspitzenbiopsie abgeschnitten, um ihr Erbgut zu untersuchen. Das zählte nicht einmal als Tierversuch. Frau Traunich wusste nicht so recht, was sie mit dieser Riesenmaus anfangen sollte. Aber warum sollte eine Tierschutzbeauftragte nicht eine Maus in ihrem Büro halten, sozusagen zu Anschauungszwecken. Diese Maus war nun wirklich ein beeindruckendes Beispiel dafür, was die Gentechnik so alles hervorbringen konnte. Sie summte vor sich hin, zerrupfte eine alte Zeitung in kleine Schnipsel und füllte etwas Wasser aus der Gießkanne auf den Deckel eines Schraubglases. Dann kramte sie in ihrer Tasche und zog eine Tüte Studentenfutter heraus. Sie öffnete Minnies Box und hob Minnie mit der rechten Hand heraus. Mit der linken tat sie das Zeitungspapier, den Deckel mit dem Wasser und etwas Studentenfutter hinein. Dann setzte sie Minnie wieder ab und schloss den Deckel mit den Worten: „Das muss dir für heute genügen. Morgen bringe ich ein Terrarium und richtiges Mäusefutter mit."

Als Frau Traunich den Deckel der Box geschlossen hatte, atmete Minnie auf. Die Gefahr war erst einmal abgewendet. Auf dem Weg in Frau Traunichs Zimmer hatte Minnie begriffen, dass ihr die Flucht aus dem Labor niemals gelungen wäre. Jetzt wollte sie nichts über's Knie brechen. Sie untersuchte das neue Futter. Es roch gut und es schmeckte ausgezeichnet. Die neue Umgebung fühlte sich gut an. Traurig war nur, dass sie ganz allein war.

Büroalltag

Frau Traunich hatte sich wieder ihrer Arbeit zugewandt. Minnie beobachtete durch ihre transparente Box ganz genau, was die Tierschutzbeauftragte auf dem Computer sah und was sie tat.

Frau Traunich las, was auf dem Computerbildschirm angezeigt wurde. Ab und zu machte sie sich eine Notiz und warf einen Blick in den Aktenordner, der aufgeschlagen neben der Tastatur lag. Sie hatte die Angewohnheit, die Texte leise vor sich hinzusprechen, wenn sie las. Minnie beobachtete genau, welche Textzeile dann jeweils auf dem Bildschirm zu sehen war. So erlernte sie spielend die Bedeutung der Buchstaben und Wörter. Minnie merkte sich auch, wie die Tasten bedient werden und welches Passwort man eingeben musste, um den Computer zu starten.

Am Nachmittag unterbrach Frau Traunich ihre Arbeit, um sich einen Kaffee zu kochen. Während sie in der Tasse rührte, schweiften ihre Gedanken ab. Sie fühlte sich müde und ausgelaugt. Nach dem Studium hatte sie vor der Wahl gestanden: Entweder große finanziellen Risiken eingehen und eine Tierarztpraxis aufmachen, oder aber einen gut bezahlten Job in der Verwaltung annehmen. Sie hatte sich für den bequemen Weg in der Verwaltung entschieden. Vor einiger Zeit war die Behörde dann umstrukturiert worden und ihr Arbeitsplatz weggefallen. Sie hatte nach einem neuen Wirkungsfeld gesucht und sich für die Stelle der Tierschutzbeauftragten in diesem Labor entschieden. Die Arbeit hier im Omega-Trans-Labor (OTL) wurde sehr gut bezahlt. Das OTL als Filiale des Max-Moritz-Instituts erzielte satte Gewinne, da die Nachfrage nach transgenen Mäusen von Jahr zu Jahr stieg. Außerdem sicherte sich das Labor problemlos staatliche Zuschüsse für Tierversuche, die hier ebenfalls durchgeführt wurden. Spaß machte ihr die Arbeit nicht, im Gegenteil. Die gentechnisch veränderten Tiere wurden gezüchtet, verkauft, gequält. Am Schluss mussten alle sterben, egal ob sie für den Tierversuch verwendet wurden, oder nicht. Sie war Teil dieses Systems geworden, obwohl sie einst Tiermedizin studiert hatte, um Tiere zu heilen. Sie redete sich ein, dass es auch hier möglich war, den Mäusen zu helfen und dass Tierversuche nun einmal notwendig waren. Aber eigentlich wusste sie es besser. Sicher, ausnahmsweise wurden durch Tierversuche schon einmal Hinweise zur Heilung einer menschlichen Erkrankung gefunden. Die Chancen dafür standen jedoch in etwa so, wie die berühmte Nadel im Heuhaufen zu finden. Außerdem, die allermeisten Kollegen betrieben reine Neugierforschung, ohne irgendeinen Bezug zu menschlichen Erkrankungen. Sie setzten auf das Prinzip Hoffnung, dass eines fernen Tages ihre Erkenntnisse über den Maus-Organismus dazu führen würden, Menschen zu heilen. Andere Forscher versuchten, das Erbgut von Mäusen so zu verändern, dass die Mäuse Krankheitssymptome wie Alzheimer, Parkinson, Schlaganfall oder Krebs entwickelten. Anschließend suchten sie nach Wirkstoffen, mit denen sie die erkrankten Mäuse heilen konnten. Ab und zu gelang das sogar. Doch am Schluss stellte sich regelmäßig heraus, dass diese Wirkstoffe beim Menschen versagten. Eigentlich war das keine Überraschung, denn der Mensch ist nun einmal keine Siebzig-Kilo-Maus.

Immer, wenn sie einem Forscher Versuchsanordnungen empfahl, bei denen weniger Mäuse gebraucht wurden, hörte sie den Spruch: Frau Traunich, glauben Sie mir, kein Tierexperimentator tötet gern Mäuse. Aber es muss nun einmal sein, wenn wir Krankheiten verstehen wollen. Manchmal konnte sie dennoch durchsetzen, dass die Forscher weniger Tiere verwendeten. Dann hatte sie zehn, oder zwanzig, einmal sogar fünfzig Tiere gerettet. Doch gemessen an der Zahl von vierzigtausend Mäusen, die jährlich im Labor gezüchtet wurden, war das nur ein Tropfen auf den heißen Stein und am Ende wurden ohnehin alle Mäuse getötet, die zu Versuchszwecken gezüchtet worden waren. Ein Drittel aller Zuchtmäuse landete im Tierversuch. Zwei Drittel wurden schon vor dem Versuch aussortiert. Sie mussten sterben, weil sie nicht die gewünschten Erbanlagen besaßen. Frau Traunich atmete tief durch. Ein paar Jahre noch, dann würde sie in Rente gehen. Bis dahin hieß es: Zusammenreißen und weiter machen!

Nach der Kaffeepause nahm sie einen neuen Tierversuchsantrag zur Hand. Sie schüttelte unwillig den Kopf. Wieder ein Antrag von Frau Professor Knatterkopf für einen Alzheimer-Test an Mäusen. Diese Versuche hatten schon die letzten drei Jahrzehnte nichts gebracht. Aber da die Forscherin jedes Mal Mäuse aus neuen gentechnisch veränderten

Zuchtlinien verwendete, stand einer Genehmigung auch diesmal nichts im Wege. Auch dieser Test würde von der Behörde genehmigt werden müssen. Daran konnte nicht einmal ein Veto der Tierschutzkommission etwas ändern, die jeden Tierversuch vor der Genehmigung zu begutachten hatte. Frau Traunich empfand diese Kommission ebenso als Feigenblatt wie sich selbst als laboreigene Tierschutzbeauftragte. Letztlich trugen die Tierschutzbeauftragten und die Tierversuchskommission zur Legitimierung von Tierversuchen bei.

Mit resigniertem Gesichtsausdruck fuhr Frau Traunich später ihren Computer herunter, räumte die Akten in den Schrank und zog ihren Mantel an. Als ihr Blick auf Minnie fiel, musste sie lächeln. So einen Brocken von Maus hatte sie noch nie gesehen. Wenigstens diese eine Maus würde sie beschützen und versorgen, notfalls auch gegen den Willen der Experimentatoren. „Morgen bekommst du eine große Box!", versprach sie Minnie. Dann ging sie hinaus und verschloss die Tür.

Einfach nur leben

Als es dunkel wurde und die letzten Geräusche im Bürogebäude verstummt waren, untersuchte Minnie ihre Plastikbox. Sie konnte den Schließmechanismus des Deckels zwar erkennen, doch es gelang ihr nicht, die Box von innen zu öffnen. Minnie fühlte sich einsam und fand erst spät in der Nacht Schlaf. Früh am Morgen betrat ein Putzmann den Raum und leerte den Papierkorb in einen großen Müllsack.

Schon vor einiger Zeit war Minnie klar geworden, dass sie anders war, als die anderen Mäuse. Sie lag richtig mit ihrer Vermutung, dass dies etwas mit den gentechnischen Veränderungen an ihren Vorfahren zu tun hatte. Minnie war jedoch nicht das Produkt einer planmäßigen Zucht, sondern eines Versehens. Ein unaufmerksamer Laborant hatte die Boxen der Zuchtmäuse verwechselt und eine Doogie-Maus mit einem besonders guten Gedächtnis mit einer großen Maus aus einer ganz anderen Zuchtlinie mit anderen Eigenschaften gekreuzt. Bei Minnie hatte das zu völlig neuen Eigenschaften geführt. Sie war riesig, hochintelligent und überaus langlebig. Dass Frau Traunich sie mitgenommen hatte, war ein großer Glücksfall. Ansonsten wäre sie „entsorgt worden". Minnie wusste, dass „entsorgt" die freundliche Umschreibung für getötet und weggeworfen war. Sie bekam eine Gänsehaut, wenn sie daran zurück dachte.

Einige Stunden, nachdem der Putzmann das Büro wieder verlassen hatte, wurde die Tür erneut aufgeschlossen. Frau Traunich kam mit einem großen Glasbehälter herein. Darin befanden sich mehrere Päckchen und Tüten. Sie stellte den Glasbehälter auf das Regal und richtete ihn mit Sägespänen, Heu, einem Holzkästchen und zwei Glasschälchen ein. Ein Schälchen füllte sie mit Wasser, das andere mit Obst, Körnern und Nüssen. Dann hob sie Minnie aus der Box und setzte sie in den Glas-Behälter.

Minnie gefiel ihre neue Behausung. Endlich hatte sie Platz, um sich die Beine zu vertreten und etwas, womit sie sich beschäftigen konnte. Nachdem Minnie ihr neues Zuhause ausgiebig untersucht hatte, polsterte sie das Holzkästchen mit Heu und legte sich hinein. Dann schloss sie schläfrig die Augen und gönnte sich ein Nickerchen.

Frau Traunich sah der Maus eine Weile zu und begab sich dann an ihre Arbeit. Am späten Nachmittag verließ sie das Büro, wieder mit Tasche und Mantel und schloss die Tür hinter sich ab.

Auf diesen Moment hatte Minnie mit Ungeduld gewartet. Längst hatte sie einen Plan entwickelt, um aus dem Glaskasten zu klettern. Sie stell-

te das Holzkästchen hochkant an die Glasscheibe und richtete die Futterschüssel darauf aus. Vorsichtig balancierte sie auf der wackeligen Konstruktion. Minnie zog sich mit ihren Vorderpfoten über den Rand des Glasbehälters und kletterte auf einen Aktenordner, der unmittelbar neben dem Glaskasten stand. Von dort war es ein Kinderspiel. Im Nu hatte sie den Computer erreicht. Wenn sie alles richtig verstanden hatte, würde sie jetzt lernen, welche Bewandtnis es mit dem Labor hatte.

Minnie macht sich schlau

Als Minnie mit ihrer Schnauze den Startknopf des Computers drückte, ertönte ein leises Surren. Dann erschien auf dem Bildschirm ein leeres Feld in das ein Passwort eingetragen werden musste. Minnie hatte gut aufgepasst. Das Passwort war Traunich-OTL-009. Beim ersten Mal gelang es Minnie nicht, die richtigen Tasten zu treffen. Sie musste die Tasten mit den Füßen in der richtigen Reihenfolge erwischen und durfte nicht zu lange auf einer Taste verharren. Es sah aus wie ein seltsamer

Tanz, wie sie so auf der Tastatur herumstieg. Sie konzentrierte sich auf die Reihenfolge der Tasten und so gelang es ihr beim nächsten Versuch, sich in den Computer einzuloggen.

Jetzt konnte sie alle Informationen über die Tierversuche und die Zucht der Mäuse im Omega-Trans-Labor abrufen. Ein paar Mal wurde ihr übel, als sie Bilder und Beschreibungen von Tierversuchsanordnungen aufrief. Minnies Gehirn war so unglaublich leistungsfähig, dass sie am Ende dieser Nacht erfasst hatte, mit welchen Tierversuchen sich die

Forscher hier im Labor beschäftigten und wie viel Leid das für die Mäuse bedeutete.

In jedem Versuchsantrag hieß es, dass die Forschungen dem Zweck dienen sollten, die Funktionsweise des Körpers zu ergründen, um später menschliche Erkrankungen heilen zu können. Da wurden beispielsweise Mäuse krank gemacht, indem sie mit Krebszellen infiziert wurden. Dann behandelte man sie mit den verschiedensten Wirkstoffen. Ein paar Mal hieß es, die Ergebnisse seien erfolgversprechend. Doch immer dann, wenn die Forscher versuchten, die Ergebnisse auf den Menschen zu übertragen, funktionierte das nicht. Nur in den seltensten Ausnahmefällen konnten die Ergebnisse von Tierversuchen tatsächlich auf den Menschen übertragen werden.

Es ging auf den Morgen zu, als Minnie den Computer ausschaltete und zurück in ihren Glasbehälter kletterte. Sie stellte die Futterschüssel wieder ordentlich zurecht und räumte ihre Holzkiste mit dem Heu in die Ecke, legte sich hinein und fiel in einen tiefen Schlaf.

Den Putzmann verschlief sie an diesem Morgen. Erst als Frau Traunich frisches Futter und Wasser bereitstellte, öffnete Minnie die Augen. Frau Traunich war zufrieden. Die Riesenmaus hatte sich offenbar mit ihrer neuen Behausung angefreundet. Sie lag entspannt in der Holzkiste und blinzelte verschlafen. Nichts wies auf ihre nächtlichen Aktivitäten hin. Heute hatte Frau Traunich Außentermine. Sie verließ das Büro schon nach kurzer Zeit. Minnie widerstand der Versuchung, sich sofort wieder in den Computer einzuloggen. Sie wartete, bis die Menschen am Abend das Gebäude verlassen hatten und verschaffte sich dann einen Überblick über Tierexperimente in anderen Forschungslaboren. Sie fand heraus, dass einige Tierversuche sogar gesetzlich vorgeschrieben waren. Das war immer dann der Fall, wenn ein neues Medikament zugelassen werden sollte. Bevor es am Menschen erprobt werden durfte, mussten Tierversuche gemacht werden.

Es gab aber auch Testmethoden, bei denen keine Tiere getötet werden mussten. Die Ergebnisse solcher Tests waren viel präziser als Tierversuche und fast immer auch kostengünstiger. Aber an neuen tierfreien

Testmethoden wurde nur sehr wenig geforscht. Minnie konnte zunächst nicht ergründen, warum das so war.

Bei ihren Recherchen lernte Minnie, dass sich die Tierexperimentatoren eine eigene Sprache zugelegt hatten, um die grausame Wahrheit zu verschleiern. Sie sprachen vom Tiermodell, wenn sie einen Tierversuch meinten. Sie sprachen nicht von getöteten Versuchstieren, sondern von verbrauchten, als würden sich die Tiere in Luft auflösen. Außerdem wurde die Öffentlichkeit über die wahre Zahl der im Zusammenhang mit Tierversuchen getöteten Tiere getäuscht. Tiere, die getötet wurden, weil sie die falschen Erbanlagen hatten, wurden in der Statistik nicht erfasst. Auf diese Weise entstand der Eindruck, dass es gar nicht so viele waren. Minnie war empört. Sie las mit Interesse, dass es Tierversuchsgegner gab, die sich darum bemühten, die Tierquälerei in der Forschung öffentlich zu machen und zu stoppen. Allerdings gelang es den Experimentatoren immer wieder, diese Kritik als sentimentale, wissenschaftsfeindliche Einzelmeinungen herunterzuspielen.

Minnies Leben verlief entspannt und gleichförmig - Putzmann, Frau Traunich, Futter, Wasser, schlafen. Abwechslung brachten nur die nächtlichen Sitzungen am Computer. Hier stand ihr die gesamte Welt des Wissens offen. Nachdem sie alles über Tierversuche gelernt hatte, befasste sie sich mit Biologie, Chemie, Physik, und Informatik. Aber immer öfter verweilte sie bei Berichten über das Leben außerhalb ihres Büros. Die begeisterten sie so sehr, dass sie ganz gezielt nach Natur- und Tierfilmen suchte. Die machten ihr die Einsamkeit in ihrem Glaskasten immer stärker bewusst. Ihre Sehnsucht nach der Natur, nach Freunden und Abwechslung wurde von Tag zu Tag machtvoller.

Professor Egomann

Professor Egomann hatte sich in seine Lieblingsecke im Wintergarten gesetzt, um zu entspannen. Von hier aus genoss er den Blick über den Swimmingpool hinweg in seinen großen, sorgfältig gepflegten Garten. Früher war hier nur eine Terrasse gewesen. Aber da er auch im Winter hier sitzen wollte, hatte er eine Fußbodenheizung einbauen lassen und eine Glaswand, die sich mit einem Knopfdruck öffnen und schließen ließ. Überall im Garten standen geschmackvolle Leuchter, die Licht in jede Ecke brachten. Da fiel sein Blick auf einen Gegenstand vor der streng geschnittenen Hecke, die das weiträumige Grundstück vor neugierigen Blicken abschirmte.

Ohne sich umzudrehen fragte er in den Raum: „Magdalena, was liegt da hinter dem Swimmingpool an der Hecke?" „Das hat sicher Hanna dort vergessen. Sie hat am Nachmittag mit irgendwelchen Fluggeräten experimentiert, Herr Professor", erwiderte das Hausmädchen.

Der Professor schüttelte den Kopf. Er hatte sich von seiner Frau getrennt und lebte seit sechs Jahren mit seiner fünfzehn Jahre jüngeren Lebensgefährtin und deren Tochter zusammen. Er hatte sich sehr bemüht, die Tochter der neuen Lebensgefährtin für sich zu gewinnen. Er hatte kostspielige Reisen und Ausflüge unternommen. Er hatte dem Mädchen angesagte Spielsachen geschenkt, zuletzt einen kleinen ferngesteuerten Helikopter und eine Drohne, jedoch vergebens. Den kleinen roten Hubschrauber hatte Hanna achtlos an der Hecke liegen lassen. Anfangs hatte er gehofft, er könnte dem Mädchen so etwas wie ein Vater sein. Aber Hanna ging ihm mehr und mehr aus dem Weg. Neuerdings erfand sie sogar Ausreden, wenn er sie und ihre Mutter zum Essen in sein Lieblingsrestaurant ausführen wollte.

Hannas Verhalten wurde zunehmend inakzeptabel. Obwohl ihr Kleiderschrank voller teurer Kleidung hing, trug sie stets die selben ausgewaschenen Jeans und Schlabberpullis undefinierbarer Farbe. Manchmal reagierte sie sogar aggressiv, wenn er sie ansprach. Regelmäßig bekam er zu hören, dass er nicht ihr Vater sei und ihr gar nichts zu sagen hätte.

In der letzten Woche war seine Lebensgefährtin in Hannas Schule bestellt worden. Die Klassenlehrerin hatte ihr eröffnet, dass sich Hanna von ihren Klassenkameraden isolieren würde. Ihre Leistungen waren alles andere als zufriedenstellend. Hanna hatte mehrere schlechte Noten in Folge geschrieben. Seine Lebensgefährtin nahm die Hinweise der Lehrerin nicht sehr ernst. Sie hielt das für eine Entwicklungsphase, die viele Mädchen durchmachten.

Professor Egomann war da anderer Meinung. Hannas Leistungsverweigerung in der Schule hatte vor zirka einem Jahr begonnen, unmittelbar nach seiner Berufung zum Professor für Ersatzmethoden-Forschung. Zu dieser Zeit waren auch die Auseinandersetzungen mit Hanna eskaliert. Nach der Feierstunde an der Uni hatte er beschwingt das Haus betreten. Als Hanna seinen Weg kreuzte, hatte er sie aufgefordert: „Du kannst mir gratulieren! Meine Berufung ist ein Meilenstein!" Doch sie hatte ihm eine geradezu unverschämte Abfuhr erteilt und ihn angegiftet: „Ein Meilenstein für wen? Doch nicht für die Versuchstiere! Dir geht es doch überhaupt nicht um die Wissenschaft! Dir geht es um dein Auto, um dein Haus, um deinen Luxus! Dir geht es nur um dich! Du bist so was von peinlich!"

„Geht's noch?" Egomanns gute Laune war verflogen. Am liebsten hätte er ihr eine Ohrfeige verpasst. Doch er hatte sich zur Mäßigung gezwungen und erwidert: „Ich weiß gar nicht, was du willst! Diese Professur bietet die einmalige Chance, Versuchstieren Leiden zu ersparen und Tierversuche zu verringern." „Das ich nicht lache! Wie soll das funktionieren, wenn du den Job machst! Du verdienst dich doch krüpplig mit der Zucht von Labormäusen!", hatte Hanna gerufen. Dann war sie die Treppe hinauf gestürmt und hatte die Tür hinter sich zugeworfen.

Egomann zog seine Mundwinkel nach unten. Immer wenn er an diese Szene dachte, war seine Stimmung im Keller. Seit Hanna begriffen hatte, dass er sein Geld mit der Zucht von Labormäusen verdiente, war mit ihr nicht mehr zu reden. Dabei war er gar nicht mehr aktiv im Geschäft. Als Doktorand hatte es ihm sogar widerstrebt, Versuchstiere zu töten. Später erkannte er, dass ihm die Tierversuchsforschung die besten Karrierechancen und ein lukratives Einkommen bot. Das machte es

21

ihm leichter, seine anfänglichen Skrupel zu überwinden und die ersten Tierexperimente durchzuführen. Später baute er mit einem alten Studienfreund ein Labor auf, in dem er Mäuse mit verändertem Erbgut züchtete und sie patentieren ließ. Diese transgenen Mäuse hatten sich als Verkaufsschlager erwiesen. Der Handel mit ihnen brummte ebenso, wie der Handel mit den Firmenaktien an der Börse. Einige Jahre später hatte er sich aus dem Unternehmen zurückgezogen und seine wissenschaftliche Karriere als Forscher im Max-Moritz-Institut begonnen. Mit der Zeit war er Teil eines einflussreichen Netzwerks von Tierversuchsforschern. Dem Einfluss dieses Netzwerkes hatte er es zu verdanken, dass er zum Professor für Ersatzmethoden-Forschung berufen worden war und nicht seine Konkurrentin Frau Professor Ehrenpreis.

Diese Professur hatte keine große finanzielle Bedeutung für ihn, denn er hatte sich nicht von allen Aktien seines Mäusezucht-Labors getrennt. Die Gewinnausschüttungen sicherten ihm ein luxuriöses Leben, zumindest so lange, wie es Tierversuche mit transgenen Mäusen gab. Die Professur garantierte ihm in erster Linie öffentliche Aufmerksamkeit und Anerkennung. Außerdem hatte die Position den großen Vorteil, dass er Einfluss auf die Forschung nehmen konnte, falls es mit der tierfreien Forschung zu schnell voran gehen würde. Sein wahres Interesse galt dem Fortbestand der Experimente an gentechnisch veränderten Mäusen, denn schließlich sollten seine Labor-Aktien auch weiter hohe Gewinne abwerfen.

„Magdalena, wissen Sie, wann Cordula kommt?", fragte er das Hausmädchen. „Sie hat nichts gesagt. Ich glaube, sie wollte heute mit ihrer Freundin zu einer Ausstellungseröffnung gehen", erwiderte Magdalena. Egomann schüttelte resigniert den Kopf. Ständig war die Lebensgefährtin unterwegs, sogar dann, wenn er ausnahmsweise keine Termine hatte. „Und was macht Hanna?," erkundigte er sich. „Sie sitzt in ihrem Zimmer am Computer."

Egomann runzelte die Stirn. Er war zwar zufrieden damit, wie sich seine berufliche Karriere entwickelte, jedoch sein Privatleben war ein einziges Fiasko. Er würde sich darum kümmern, dass Hanna im nächsten Schuljahr auf ein Internat kam. Dann hätten die ständigen Auseinandersetzungen mit ihr ein Ende und vielleicht würde der Teenager sogar die Kurve kriegen und einen vernünftigen Schulabschluss zustande bringen. Cordula hätte sicher nichts dagegen. Die Zeiten, dass sie etwas gemeinsam mit ihrer Tochter unternahm, waren längst vorbei. Seine Lebensgefährtin verbrachte ihre Zeit lieber mit Shopping und Schönheitspflege und war mit irgendwelchen Freundinnen unterwegs. Er machte sich keine Illusionen darüber, dass Cordula ihn nur deshalb nicht verließ, weil sie sein Geld liebte. Er seufzte: „Magdalena, bringen Sie mir bitte ein Glas Weißwein und irgendetwas zu Essen."

Dann vertiefte er sich in ein Journal, das die neuesten Forschungen vorstellte. Der Beitrag verursachte ihm Unbehagen. Es ging um ein Forschungsvorhaben, bei dem keine Tiere verwendet wurden. Stattdessen benutzten die Wissenschaftler menschliche Zellen, die aus Operationsabfällen chirurgischer Eingriffe gewonnen wurden. Das Ziel dieser Forschung war, die Tests an der Maus vollständig durch einen Multi-Organ-Chip auf der Basis menschlicher Zellen zu ersetzen. Noch vor wenigen Jahren verfügte dieser menschliche Chip nur über zwei Organe. Jetzt funktionierte er bereits mit sechs Mini-Organen, die durch winzige Pumpen mit Blut und Nährstoffen versorgt wurden. Schon jetzt funktionierten Medikamententests an diesem Multi-Organ-Chip viel zuverlässiger als alle Tierversuche zusammen. Wenn das so weiterging, würde man mit ihm auch komplexe Zusammenhänge untersuchen können. Dann wären seine Mäuselabor-Aktien nichts mehr wert. Er war froh, dass die Zulassung neuer Testverfahren so langwierig war, dass darüber viele Jahre vergehen würden. Bis dahin würde er weiter die Gewinne von seinen Laboraktien einstreichen. Eigentlich wäre es seine Aufgabe, den Multi-Organ-Chip in seinen Vorlesungen herauszustellen und dafür zu werben. Doch das würde er garantiert nicht tun, schließlich war er ja nicht blöd!

Tapetenwechsel

Als Minnie die Entscheidung traf, das Labor zu verlassen, war ihr klar, dass es gefährlich werden konnte und dass es nicht sicher war, dass sie jeden Tag genug zum Fressen finden würde. Dennoch wollte sie gehen. Minnie entschloss sich, zum Abschied eine Botschaft für Frau Traunich zu hinterlassen. Immerhin verdankte sie ihr, dass sie leben durfte. Deshalb fuhr sie den Computer nach ihrer letzten Sitzung nicht herunter, sondern schrieb in fetten Buchstaben auf den Bildschirm: Ich muss weg - Danke für alles! Darunter fügte sie ein Selfie von sich ein. Es zeigte sie, wie sie auf der Tastatur des Computers tanzte. Die Botschaft war eindeutig. Frau Traunich würde sie verstehen, auch wenn es ihr schwer fallen würde zu glauben, was sie sah.

Dann sprang Minnie in den Papierkorb und versteckte sich unter dem Papier, das Frau Traunich hineingeworfen hatte. Noch vor der Morgendämmerung kam wie immer der Putzmann. Er kippte den Inhalt des Papierkorbs mitsamt Minnie in einen großen Sack, in dem er alle Papierabfälle aus den Büros sammelte. Als er den Sack auf dem Hof in einen Container entleerte, huschte Minnie davon. Sie versteckte sich in einem Gebüsch. Von dort aus schlich sie zum Parkplatz und folgte einem Pförtner, der auf dem Heimweg war. Als der Mann die Tür zu seinem Auto öffnete, schlüpfte Minnie unbemerkt hinein. Minnies Herz raste vor Aufregung. Hoffentlich ging das gut. Sie wusste, dass Mäuse viele natürliche Feinde hatten. Das fing bei Katzen, Hunden und Greifvögeln an und endete bei den Menschen. Auch vor dem Autoverkehr musste sie sich in Acht nehmen. Im Büro hatte sie die Rundumversorgung durch Frau Traunich genossen, die sie allerdings ohne ihre nächtlichen Computersitzungen zu Tode gelangweilt hätte. Jetzt begab sie sich in ein großes Abenteuer.

Als der Pförtner sein Fahrzeug nach einer kurzen Fahrt am Straßenrand geparkt und die Autotür geöffnet hatte, sprang Minnie auf die Straße und flitzte hinüber zur Häuserwand. Sie lief ein Stück an der Wand entlang und bog in den erstbesten Torbogen. Der Weg führte sie auf einen großen Innenhof mit Spielgeräten, Bäumen und Sträuchern. An den Müllcontainern traf sie eine Ratte. Die war etwas kleiner als

Minnie und sah struppig und ungepflegt aus. Trotzdem war Minnie erfreut über die Begegnung und stellte sich vor: „Guten Morgen, ich bin Minnie. Ich freue mich, dich zu treffen."

Misstrauisch sah die Ratte auf und erwiderte barsch: „Was soll gut sein an diesem Morgen? Wer auch immer du bist, hau ab! Das ist mein Müllplatz! Wehe, du bedienst dich an meinen Leckerbissen!"

Enttäuscht lief Minnie weiter. Bei der Sitzbank an den Spielgeräten erschnupperte sie einen vertrauten Duft. Es roch nach Maus. Und richtig, als sie sich umsah, entdeckte sie in einem Spalt der Häuserwand eine Mäusenase. Minnie ging auf die Maus zu, die sich umgehend in den Spalt zurückzog. „Hallo kleine Maus, komm und rede mit mir!", rief Minnie der Maus zu. Vorsichtig lugte die Maus aus ihrem Versteck hervor. „Wer bist du und was willst du hier?" erkundigte sich das Tierchen. Minnie erklärte mit ein paar Sätzen, wer sie war und woher sie kam. Die kleine Maus fasste Vertrauen und zwängte sich aus dem Mauerspalt hervor. „Ich bin Glatze", stellte sich der Mäuserich vor. „Ich wohne hier mit meiner Familie. Entschuldige bitte meine Zurückhaltung, aber Vorsicht ist meine Lebensversicherung. Bist du ganz sicher, dass du eine Maus bist?", mit diesen Worten lud Glatze Minnie zu sich ein und zeigte ihr einen bequemen Weg, der über die Kellertreppe in sein Versteck führte. Glatze wohnte mit seiner Frau und sieben Kindern in einem Hohlraum zwischen Kellerdecke und Fußboden. Minnie erfuhr, dass Glatzes Eltern, Schwestern, Brüder, Neffen und Nichten die Gebäude nebenan bewohnten. Sie lebten von dem, was die Menschen wegwarfen. Manche Mäuse stibitzten gelegentlich Leckerbissen aus den Wohnungen der Menschen. Glatze selbst tat das nie, denn diese Diebstähle nahmen oft ein böses Ende. Die Menschen stellten Fallen auf und etliche diebische Verwandte von Glatze hatten ihre Lust auf Menschennahrung mit dem Leben bezahlt.

Bei Glatzes Familie ging es fröhlich zu. Seine Frau lud Minnie zum Frühstück ein. Alles wurde geteilt, obwohl die Mäusefamilie selbst nicht viel besaß. Minnie hielt sich mit dem Essen zurück. Sie wollte den freundlichen Mäusen nicht das Futter wegfressen. Minnie erzählte den Hausmäusen vom Leben und Sterben im Labor und von ihrer Flucht. Glatze stellte betroffen fest: „Du siehst ja, wir leben in bescheidenen

Verhältnissen, meine Familie frisst mir die Haare vom Kopf und gefährlich ist unser Leben auch. Es gibt Katzen und Krähen auf dem Hof. Wir müssen immer auf der Hut sein, aber niemand schreibt uns etwas vor. Wir haben Freunde und wenn wir Glück haben, gibt es auch einmal ein Festessen. Ich bin froh, dass wir nicht im Käfig leben müssen, von den gruseligen Tierversuchen ganz zu schweigen." Als Minnie sich nach den Lebensbedingungen auf dem Hof und nach den Hausbewohnern

erkundigte, holte Glatze weit aus. Er berichtete von den Menschen und ihren Wohnungen und beschrieb Minnie ihre Eigenarten. Von den meisten Menschen hielt er nichts. Er kam zu dem Schluss: „Es gibt freundliche Zweibeiner und solche, die uns hassen. Am freundlichsten ist ein kleines Mädchen. Es spielt oft hier und bringt uns manchmal Kekse mit. Wir können ihr vertrauen und fressen ihr aus der Hand." Minnie fragte: „Sag mal, meinst du, dass ich hier auf dem Hof bleiben kann? Ich will niemanden vertreiben. Eine Ratte bei den Mülltonnen sagte mir, dass hier für mich kein Platz sei." „Ach was, dass war nur Borstig, der bläst immer die Backen auf! Den können nicht einmal die Ratten leiden. Der denkt immer nur an sich. Kümmere dich nicht um ihn. Such dir einfach ein Versteck. Der Rest findet sich schon", erwiderte Glatze.

Das tat Minnie, nachdem sie sich von Glatzes freundlicher Familie verabschiedet hatte. Als sie ihre neue Umgebung ausgiebig erforscht hatte, machte sie es sich in einem Keller bequem. Da stand allerlei Gerümpel. Sie zog einen kleinen Karton in eine dunkle Ecke. Einen weiteren Karton verarbeitete sie mit ihren scharfen Nagezähnen zu winzigen Schnipseln, aus denen sie sich ein bequemes Lager machte. Dann rollte sie sich müde und zufrieden zusammen und schlief ein paar Stunden.

Am Nachmittag wurde Minnie von Stimmen geweckt. Sie sah Kinder auf dem Spielplatz spielen. Ein kleines Mädchen war damit beschäftigt, Glatzes Familie mit Keksen zu füttern. Minnie war hungrig und überlegte nicht lange. Sie stieg die Kellertreppe hinauf und gesellte sich zu Glatzes Familie. Das Mädchen staunte: „Wer bist du denn?", und mit den Worten: „Du bist aber hübsch!", hielt sie Minnie einen Schokoladenkeks vor die Nase. Die Labormaus setzte sich auf die Hinterbeine und griff vorsichtig nach dem Keks. Das sah putzig aus, wie sie den Keks zwischen den Vorderpfoten hielt und ihn beknabberte. Als das Mädchen langsam die Hand ausstreckte, um die Labormaus zu berühren, unterdrückte Minnie ihre Furcht und blieb ganz still sitzen. „Du bist ja ein putziger kleiner Hase", sagte sie. „Aber so einen Hasen wie dich habe ich noch nie gesehen. Du hast ja gar keinen Puschelschwanz! Bist du weggelaufen, oder haben dich böse Menschen ausgesetzt?"

Während das Mädchen mit Minnie sprach und sich die Mäuse an den Keksen gütlich taten, öffnete sich ein Fenster im zweiten Stock und eine Stimme ertönte: „Laura, es ist Zeit für deine Hausaufgaben, komm bitte nach oben!" Laura erwiderte: „Moment noch!", und streichelte Minnie noch einige Zeit den seidigen Pelz. Dann verschwand das Mädchen mit dem Rest der Keksrolle im Treppenhaus.

Glatze sagte zu Minnie, nachdem er die letzten Krümel verputzt hatte: „Siehst du, hier gibt es genug für uns alle." Hinter der Müllecke lugte Borstig hervor. Er hatte nichts von den Keksen abbekommen und war sauer: „Das wirst du noch bereuen, Glatze! Jetzt haben wir einen weiteren unnützen Fresser auf dem Hof! Der Winter naht. Was wollt ihr eigentlich fressen, wenn es kalt und das Futter knapp wird? Hunger werdet ihr leiden und deine Kinder werden sich Krankheiten holen. Aber das geschieht dir recht, du blöde Gut-Maus." Dann drehte er sich um und wandte sich wieder einer Käseverpackung zu, in der noch zwei Scheiben alter Käse lagen.

Glatzes Frau schüttelte ärgerlich den Kopf. Glatze zog die Schultern hoch und und sagte zu Minnie: „So war er schon immer, missgünstig und einsam. Deshalb hat er keine Freunde. Bis jetzt sind wir immer satt geworden. Die Menschen werfen mehr weg, als wir fressen können", und fügte hinzu: „Jetzt wird es Zeit, dass wir uns verziehen. Abends sind die Katzen unterwegs. Da sollten wir Mäuse besser nicht mehr draußen sein." Glatze winkte Minnie zum Abschied, machte sich dünn und verschwand mit seiner Familie im Mauerspalt.

Das Wunderkaninchen

Beim Abendbrot berichtete Laura von ihrer Begegnung mit dem seltsamen Kaninchen. Als sie das Tier beschrieben hatte, sagte ihr Bruder Arne zu ihr: „Laura, das ist Quatsch! Es gibt keine Kaninchen mit runden Ohren und einem langen Schwanz. Kaninchen haben lange Ohren und einen kleinen Puschelschwanz. Ratten und Mäuse haben lange Schwänze." „Das war aber keine Ratte. Ich weiß, wie Ratten aussehen und eine Maus war es auch nicht!", widersprach Laura. Mutter Gerda mutmaßte: „Vielleicht hat jemand ein exotisches Tier ausgesetzt. Das passiert immer häufiger. Die Leute schaffen sich allerlei seltsame Haustiere an, sogar Vogelspinnen und Giftschlangen. Wenn sie dann keine Lust mehr auf die Tiere haben, setzen sie sie aus." Olaf, der Vater von Laura und Arne, stimmte zu: „Das könnte sein. Vielleicht hast du irgendein Pelztier aus Neuseeland oder von den Bahamas gesehen, das eigentlich gar nicht in unsere Region gehört." Arne schlug vor: „Nach dem Essen suchen wir im Internet nach dem Tier, das Laura gesehen hat." Damit waren alle einverstanden und nachdem sie gemeinsam den Tisch abgeräumt hatten, versuchten sie ihr Glück in der Fotogalerie von Google. Nach einer halben Stunde gaben sie es auf. Sie fanden kein Tier, auf das die Beschreibung von Laura zugetroffen hätte. Später mahnte die Mutter: „Es ist Zeit! Ihr könnt euch ja morgen auf dem Hof umsehen. Vielleicht ist das Tier noch da. Aber jetzt geht's erst einmal ab ins Bett."

Laura packte ihre Schulmappe gewissenhaft und machte sich dann bettfertig. Sie war erst im September eingeschult worden und freute sich jeden Tag auf den Unterricht. Arne packte ebenfalls sein Schulzeug ein, aber bevor er ins Bett ging, spielte er noch eine Weile am Laptop. Zwei Stunden später sah seine Mutter ins Zimmer und erinnerte ihn: „Auch für dich ist es Zeit, mein Lieber. Mach das Licht aus und schlaf schön!"

Als es im Haus still wurde, spähte Minnie aus ihrem Versteck. Nichts regte sich. Von Katzen keine Spur. Also schlich sie vorsichtig über den Hof und ging auf die Straße, um die Gegend zu erkunden. Sie prägte sich den Ort genau ein, um wieder zurückzufinden. Es war kalt. Die

Pfützen trugen dünne, glitzernde Eisränder und vom Himmel fielen weiße Flocken, die sofort schmolzen, wenn sie den Boden berührten. Das Licht hinter den meisten Fenstern war erloschen. Am Ende der Häuserzeile stieß sie auf eine breite Straßenkreuzung. Gegenüber stand ein riesiger Flachbau. Supermarkt stand in großen Leuchtbuchstaben über dem Eingang. Sie konnte riechen, dass auf dem großen freien Platz vor einiger Zeit Fahrzeuge geparkt hatten. Jetzt waren Platz und Gebäude menschenleer. Neugierig sah sich Minnie um. Un-

ter der Eingangstür strömte durch einen schmalen Spalt ein verführerischer Duft ins Freie. In diesem Supermarkt mussten sich köstliche Dinge befinden. Minnie lief um das Gebäude herum. An der Rückseite standen mehrere Container unter einem Vordach. Einer war einen Spalt breit offen. Minnie kletterte hinauf und spähte in das Dunkel. Es roch ebenso verführerisch wie an der Eingangstür. Sie konnte den Duft von Schokolade, Lebkuchen, Kuchen, Brot, Obst und Gemüse wahrnehmen. Warum um alles in der Welt lagen so köstliche Lebensmittel in diesem Container? Minnie taxierte die Füllhöhe des Containers. Ein Karton ragte fast bis zu seinem Deckel, so dass es ihr gelingen würde, hinein und vor allem wieder heraus zu kommen. Also sprang sie hinab und landete auf einer Kiste mit Bananen. Die waren aromatisch. Sie hatten zwar ein paar Druckstellen, aber sie schmeckten wunderbar. Ebenso gut waren die Mandarinen, die Nougat- und Marzipanstangen, der Lebkuchen und der Käse. Einige Lebensmittelverpackungen waren etwas zerdrückt und manche Früchte waren unansehnlich. Doch nur ganz wenige Früchte waren richtig vergammelt und verdienten es, in den Abfall geworfen zu werden. Die allermeisten Lebensmittel waren völlig einwandfrei. Bald fühlte sich Minnie wie genudelt, denn sie hatte weit mehr gefressen als sonst. Es war einfach zu schade, die vielen Sachen liegen zu lassen. Schließlich klemmte sich Minnie ein Marzipanbrot zwischen die Zähne und begab sich auf den Heimweg.

Auf dem Hof angekommen, lief sie zu Glatzes Versteck. Dort war es mucksmäuschenstill. Minnie legte das Marzipanbrot behutsam am Eingang zu Glatzes Behausung ab und huschte in ihr Versteck. Dort kuschelte sie sich in ihr Papierschnitzel-Nest und schlief ein.

Als sich die Kinder auf den Schulweg begaben, dämmerte es. Sie sahen sich genau auf dem Hof um, aber weder Maus noch Ratte kreuzte ihren Weg. Lediglich der dicke getigerte Kater Leopold von Frau Meusel kam ihnen entgegen. Er schlich durchs Treppenhaus und verschwand lautlos hinter der Katzenklappe, die Frau Meusel in ihre Eingangstür eingebaut hatte. Leopold war der Grund, weshalb sich Mäuse und Ratten um diese Zeit nicht sehen ließen. Der Leo war zwar dicklich und nicht mehr so fix mit seinen fünfzehn Jahren, aber seine Krallen waren immer noch messerscharf. Wenn man als Maus überleben wollte, ging man ihm besser aus dem Weg.

Heimlichkeiten im Advent

Als Laura nach Hause kam, legte sie rasch ihre Schulsachen ab. Dann griff sie einen Lebkuchen von ihrem Bunten Teller und lief auf den Hof. Vielleicht schmeckte er den Mäusen und vielleicht kam sogar der kleine Hase, oder was auch immer das war, hervor. Und richtig, die Mäuse und der seltsame Hase erwarteten sie bereits. Aber anders als am Vortag erwiesen sich die Mäuse nicht als hungrig. Das war kein Wunder, denn Glatzes Familie hatte das Marzipanbrot verputzt und Minnie war noch immer satt von ihrem nächtlichen Ausflug zum Abfall-Container des Supermarktes.

Anstandshalber knabberten die Mäuse etwas vom Lebkuchen. Sie wollten schließlich nicht riskieren, dass das Mädchen die Lust verlor, sie zu füttern. Diesmal ließ sich Minnie sofort von Laura streicheln. Laura betrachtete das hübsche Gesicht der Maus und rief begeistert: „Du hast ja einen langen Schnurrbart!" Sie musste sich eingestehen, dass Arne Recht hatte. Das war wirklich kein Hase. Die Schnauze des Tieres war viel zu spitz und seine Ohren waren zwar groß, aber sie waren rund. Außerdem hatte das Tier einen dünnen Schwanz, der mit kurzen Härchen bedeckt war. Der war kürzer als ein normaler Mäuseschwanz und er war kein bißchen puschelig, wie der von einem Hasen. Sie hörte, wie Arne den Hof betrat und sie scherzhaft begrüßte: „Na Schwesterlein, fütterst du dein Fabelwesen?" Laura hielt den Zeigefinger an die Lippen. Sie verhielt sich ganz ruhig und nickte in Richtung der Mäuse. Jetzt sah Arne die kleinen Mäuse und die große Minnie. Minnie saß geduckt mit angelegten Ohren vor Laura. Arne erkannte sofort, dass das weder eine Maus noch eine Ratte und schon gar kein Hase war. Die Labormaus war tatsächlich ein ganz besonderes Tier.

Arne näherte sich langsam und sprach: „Donnerwetter, das ist ja wirklich niedlich und während er sich neben seine Schwester auf die Bank setzte, fügte er hinzu: „Es scheint gar keine Angst zu haben. Bestimmt ist es irgendwo weggelaufen. Nimmt es Futter an?" Laura nickte stumm. Arne hielt Minnie seine Hand hin. Zutraulich schnupperte sie an seinen Fingern. Sie spürte, dass die Kinder ihr nichts tun würden. Arne lud Minnie mit einer Handbewegung ein, auf seinen Schoß zu springen.

Nach kurzem Zögern kletterte Minnie an Arnes Hosenbein hoch. Arne biss die Zähne zusammen, denn Minnies Krallen waren so scharf, dass sie durch die Hosen drangen und ihm die Haut zerkratzten. Minnie war jetzt mit den Kindern fast auf Augenhöhe. Arne stellte fest: „Das Tierchen sieht fast aus wie ein Chinchilla. Allerdings ist der Schwanz dünner und sein Schnäuzchen ist länger." „Arne, lass uns das Tier mit hoch nehmen. Wir können es doch nicht hier in der Kälte lassen", schlug Laura vor. Arne nickte: „Es hat zwar dichtes Fell, aber wahrscheinlich ist es wirklich besser bei uns aufgehoben, als hier auf dem Hof." Minnie sah das genauso und hatte nichts dagegen, dass Arne sie vorsichtig hochhob, während er von der Bank aufstand und zum Treppenhaus ging. Laura folgte den beiden begeistert.

Nachdem sie ihrer Mutter einen Gruß zugerufen hatten, verschwanden die Kinder mit ihrem Fundtier in Arnes Zimmer. Unter dem Bett stand noch der Karton von Arnes neuen Fußballschuhen. Er nahm den Deckel ab und setzte Minnie hinein. Dann bat er Laura, eine Rolle Toilettenpapier zu holen. Gemeinsam zerrupften sie eine halbe Rolle und legten die Schnipsel in den Karton. Minnie scharrte mit den Pfoten in den Schnipseln und baute sich ein Nest, rollte sich darauf zusammen und blickte zufrieden zu den Kindern. Die Geschwister freuten sich. „Ich glaube, es fühlt sich wohl", sagte Laura. Arne stimmte zu: „Ja, ganz bestimmt! Wir müssen nur aufpassen, dass Mutti nichts von unserem Untermieter mitbekommt. Du weißt ja, wie sehr sie sich aufgeregt hat, als wir ein Kätzchen haben wollten." „Von mir erfährt sie nichts!", versprach seine kleine Schwester. Darauf verließ Arne leise das Zimmer und kam kurz darauf mit einer kleinen Schüssel Wasser und einer Handvoll Nüsse zurück. Minnie hüpfte sogleich neugierig aus dem Karton, um zu erkunden, was Arne mitgebracht hatte und knabberte an einer Nuss. Die Kinder versteckten Minnies Karton unter dem Bett und sahen dem Tierchen zu.

Arne schlug vor: „Lass uns noch einmal Bilder von den kleinen Pelztieren ansehen. Vielleicht finden wir doch noch etwas Ähnliches", und startete seinen Laptop. Als die Kinder an Arnes Schreibtisch auf den Bildschirm blickten, kletterte Minnie zum zweiten Mal an Arnes Hosenbein hoch. Diesmal blieb sie jedoch nicht auf seinem Schoß sitzen, sondern sprang auf den Schreibtisch. Laura lachte und streichelte sie. Als Minnie auf die Tastatur klettern wollte, hielt Laura sie zurück. Arne tippte ‚Chinchilla' ein. Minnie schüttelte sich. Die Bilder der Chinchillas ähnelten Minnie in Größe und Gewicht und in etwa, was die Ohren betraf. Aber sie hatten keine spitze Schnauze und einen buschigeren Schwanz. Minnie zwängte sich aus Lauras Händen hervor und führte ein paar rasche Tanzschritte auf der Tastatur aus. Auf der Suchleiste erschien das Wort Labormaus. Umgehend bot das Internet zahlreiche

Erklärungen und Bilder für ‚Labormaus' an. Die Geschwister waren sprachlos. Minnie tanzte noch einmal: ‚Max-Moritz-Institut' war da jetzt zu lesen. Nun verwies das Internet auf das Max-Moritz-Institut im Norden der Stadt und auf die wissenschaftlichen Erfolge, die dort in der Vergangenheit mit der Zucht und den Versuchen mit gentechnisch veränderten Mäusen errungen worden waren.

„Ich träume das doch nicht, oder? Kneif mich mal, Laura!", forderte Arne seine Schwester auf. Die ließ sich das nicht zwei Mal sagen und kniff ihn in den Arm. „Aua, doch nicht so doll!" Arne rieb sich den Arm.

„Das passiert jetzt gerade wirklich!", staunte er. „Pass auf, ich versuch mal was Anderes", sagte er zu Laura, während er das Textverarbeitungsprogramm öffnete. Er tippte die Frage: ,Wer bist du?'

Minnie reagierte prompt. Sie tanzte auf der Tastatur: ,Ich heiße Minnie und bin eine Labormaus. Toll, dass ich bei euch bleiben darf!'

Arne war sprachlos. Laura rüttelte ihn. „Sag schon, was steht da?" Arne fiel es schwer zu glauben, was gerade geschah. Eine Maus, die lesen und schreiben konnte, eine intelligente Maus, so etwas gab es doch gar nicht! Obwohl, in den Herbstferien hatten sie bei ihrer Oma in Eschendorf erlebt, dass sich auch Wildschweine und Eulen mit Menschen verständigen konnten. Aber einen Computer bedienen und im Internet surfen konnten diese Tiere nicht.

Laura liebte Märchen und hatte Fantasie. Deshalb war es für sie durchaus vorstellbar, dass ein Tier ungewöhnliche Dinge tun konnte. Aber als Arne ihr den Bildschirmtext vorlas, zeigte sie ihrem Bruder einen Vogel. „Arne, du spinnst! Du sollst mich nicht immer veräppeln!"

Arne hob die rechte Hand: „Ich schwöre, dass das da steht. Das hat die Maus geschrieben, beziehungsweise getanzt. Du hast es ja selbst gesehen. Ihr habt doch schon die Buchstaben L und O gelernt. Sieh mal, da steht Labormaus. Da steht am Anfang ein L und der vierte Buchstabe ist …. " Arne tippte mit dem Finger auf die Stelle wo das O von Labormaus auf dem Bildschirm zu lesen war.

Just als Laura antwortete: „Das ist ein O", öffnete sich die Tür und die Mutter trat ins Zimmer. „Ich wollte euch vorschlagen, dass ihr mir beim Essen machen helft. Aber wenn ihr für die Schule übt, macht ruhig weiter. Das ist sehr lieb von dir, Arne, dass du Laura hilfst, die Buchstaben zu lernen. Aber hast du denn keinen sinnvolleren Übungstext?" „Ja, da hast du Recht. Aber mir ist das gerade eingefallen, weil ich mich für ein Schülerpraktikum in der Tierversuchsforschung bewerben möchte", erwiderte Arne, der sich blitzschnell eine Begründung für den seltsamen Satz ausgedacht hatte. „Bist du sicher? Du magst doch Tiere! Ich glaube, da sind Tierversuche nichts für dich. Du wolltest das Praktikum doch im Fahrradladen machen."

„Ich habe es mir anders überlegt. Im Winter ist nichts los in der Fahr-radwerkstatt und kalt ist es da auch. Ich will wissen, warum Tierversu-che gemacht werden. Wenn sie mich in der Tierversuchsforschung nehmen, mache ich da mein Praktikum."

„Wie du meinst." Die Mutter zog die Schultern hoch. „Wie lange wollt ihr denn noch lernen? Arne erwiderte: „So etwa eine halbe Stunde. Dann helfen wir dir." Die Mutter winkte ab: „Ist schon in Ordnung, ich kann ja den Tisch heute auch alleine decken."

Arne seufzte: „Das ist ja gerade noch einmal gut gegangen! Wo ist die Labormaus geblieben?" Da sah er, wie vorsichtig eine spitze Mäusena-se hinter seinem Laptop hervorlugte. Minnie hatte rechtzeitig das Feld geräumt, als sich die Tür geöffnet hatte. Arne hatte ein schlechtes Ge-wissen, weil er die Mutter beschwindelt hatte und die jetzt allein in der Küche stand. Aber die Wahrheit hätte er ihr unmöglich erzählen kön-nen. „Glaubst du immer noch, dass ich dich anspinne?", fragte er Lau-ra. Die schüttelte den Kopf. „Minnie-Maus, kommst du zu mir?", lockte er. Sofort kam Minnie hinter dem Laptop hervor und ließ sich von Laura und Arne streicheln.

Arne sagte: „Komm, Laura! Wir helfen lieber erst mal Mutti. Nach dem Abendbrot reden wir weiter mit Minnie." Laura nickte und Arne setzte die Maus in den Schuhkarton unter dem Bett: „Du bleibst am besten hier. Nicht weglaufen, hörst du!"

Erster Gedankenaustausch

Die Kinder halfen beim Tischdecken. Nach dem Abendessen hatten sie es eilig, wieder in Arnes Zimmer zu kommen. Laura sagte, dass Arne noch mit ihr üben wolle. Den Vater wunderte diese ungewohnte Strebsamkeit. Er rief ihnen nach: „Aber um acht ist Schluss. Da geht Laura ins Bett!" „Mach ich!", erwiderte Laura während Arne den Laptop startete und Minnie auf seinen Schreibtisch setzte. „Wie kommst du hierher?", fragte Arne. Minnie tanzte ihre Antwort auf diese und die folgenden Fragen auf der Tastatur und Arne las Laura die jeweiligen Antworten vor. Nach einer Stunde kannten sie das Schicksal der großen Labormaus. Dann tanzte Minnie ungefragt und auf dem Bildschirm erschien die Bitte: „Hier ist es ganz schön, aber ich möchte nicht für immer in der Wohnung bleiben. Darf ich euch nach draußen begleiten?" Arne antwortete: „Natürlich kannst du mit uns rauskommen. Wir müssen nur aufpassen, dass dir nichts zustößt und wir müssen es schaffen, dass dich unsere Mutter akzeptiert."

Auf dem Bildschirm erschien Minnies Antwort. „Ich kann beim Staubwischen helfen. Hinter euren Schränken ist ziemlich viel davon." „Was kannst du noch?", schmunzelte Arne. „Hübsch aussehen!", rief Laura fröhlich dazwischen. Arne lachte laut, als auf dem Computer die Antwort erschien: „Ich weiß ja nicht, was hier alles zu tun ist, aber ich kann bestimmt etwas übernehmen, beispielsweise die Nahrungsbeschaffung."

„Du winziger Dreikäsehoch!", rief Arne belustigt. „Wir sind vier ausgewachsene Menschen! Wie willst denn du Mäuschen unser Essen beschaffen?"

Minnie schrieb: „Heranschleppen kann ich es natürlich nicht. Aber ich kann euch zeigen, wo ihr jede Menge Nahrung findet." „Wo es Essen gibt, wissen wir auch. Um die Ecke im Supermarkt. Da können wir von Montag bis Sonnabend Lebensmittel kaufen - oder in der Tankstelle - die hat sogar sonntags geöffnet", erklärte Arne. Darauf stellte Minnie klar: „Es geht nicht um Nahrung, die ihr kaufen müsst. Es gibt sie umsonst." Die Kinder sahen Minnie zweifelnd an. Dann tanzte sie länger und Arne las vor: „Was meint ihr, warum ich heute kaum etwas essen konnte? Ich war satt, denn ich habe gestern jede Menge gutes Futter gefunden. Mehr als eure Familie und alle Mäuse hier im Haus jemals zusammen essen können. Ich kann euch den Ort zeigen. Wenn ihr wollt, können wir gleich losgehen!"

Arne schüttelte den Kopf. „Es ist gleich um acht. Laura muss ins Bett und ich kann heute auch nicht noch einmal raus gehen. Lass uns das ein andermal probieren."

Kurze Zeit später rief der Vater: „Laura, es ist Zeit!" „Ja, Papa", antwortete Laura, streichelte Minnie noch einmal zum Abschied und flüsterte ihr zu: „Gute Nacht, du süße Minnie-Maus, träum schön!" Sie winkte ihrem Bruder und ging in ihr Zimmer, um ihre Schulmappe zu packen. Plötzlich hatte sie eine Idee. Sie griff ein Plüschtier und ging zurück in Arnes Zimmer. Dort hockte sie sich vor das Bett, zog vorsichtig den Schuhkarton hervor und legte die kleine Plüschmaus neben Minnie. „Damit du nicht so allein bist!", sagte sie. Dann ging sie zu ihren Eltern, gab ihnen einen Gute-Nacht-Kuss und quengelte: „Arne muss nie so früh ins Bett wie ich. Das ist ungerecht!"

„Arne ist auch älter als du", sagte ihre Mutter. „Aber morgen ist Freitag. Wenn du morgen früh beim ersten Wecken aufstehst, ohne zu nörgeln, darfst du am Abend eine Stunde länger aufbleiben als sonst." Laura strahlte und trabte zufrieden in ihr Zimmer. Sie schlief sofort ein.

Arne putzte sich die Zähne und machte sich bettfertig. Er sei müde und wolle nur noch ein wenig lesen und dann schlafen, erklärte er seinen verwunderten Eltern. Im Bett griff er nach seinem Smartphone. Minnie begriff rasch dessen Funktionsweise. Sie strich mit der Nase über das Display, beziehungsweise tippte mit den Vorderpfoten den gewünschten Text. Minnie und Arne tauschten sich über den Alltag des jeweils Anderen aus. Minnie schrieb über das Labor und über Tierversuche. Arne berichtete über die Schule und das bevorstehende Weihnachtsfest, wo sie zu ihrer Oma fahren würden. „Keine Sorge, dich nehmen wir natürlich mit. Unsere Oma wird sich freuen, wenn du mitkommst. Die hat sich nicht so zickig, wenn es um Tiere geht, wie unsere Mutter. Im Gegenteil. Die hat sogar ein Hausschwein, ein Wildschwein und einen Hund. Sag mal Minnie, wo kann ich etwas über Tierversuche lernen? Ich habe keinen blassen Schimmer davon." Minnie zögerte einen Moment. Dann schrieb sie: ‚Im Internet gibt es zahllose Beiträge. Einige berichten, dass Tierversuche in die Sackgasse geführt haben. Andere behaupten, dass man mit Tierversuchen Krankheiten auf die Spur kommen kann und wieder andere verweisen darauf, dass Tierversuche gesetzlich vorgeschrieben sind und dass man sie machen muss. Mein Eindruck ist, dass alles ein bisschen zutrifft. Aber es ist ein ziemlich kompliziertes Thema. Die gesamte Fachliteratur ist auf Englisch verfasst. Ich weiß nicht, ob du das schon lesen kannst.' Arne schüttelte den Kopf und Minnie schrieb weiter: ‚Ich glaube, du bist schon auf dem richtigen Weg, wenn du ein Praktikum bei den Experimentatoren machst. Du musst nur die richtigen Ansprechpartner finden und die richtigen Fragen stellen. Ich kenne nur Frau Dr. Traunich vom Max-Moritz-Institut. Sie ist mit vielem im Labor nicht einverstanden. Vielleicht nimmt sie ja einen Praktikanten. Aber sag mal Arne, wollen wir nicht schnell noch zu den Lebensmitteln gehen? Es ist ganz still in der Wohnung. Deine Eltern schlafen jetzt. Jetzt kann es dir niemand verbieten.'

Der Beutezug

Arne war viel zu aufgekratzt, um jetzt ins Bett zu gehen. Deshalb stimmte er zu. „Ok, Minnie!" Wenn uns jemand begegnet, setze ich dich in meinen Rucksack. Ansonsten läufst du voran und zeigst mir den Weg."

Arne zog sich warme Sachen und Turnschuhe an, schnappte den Rucksack und verließ auf leisen Sohlen mit Minnie die Wohnung. Als die beiden auf den Hof kamen, begegneten sie Leo. Der fauchte, als er Arne und die Riesenmaus sah. Minnie sagte zu ihm: „Hallo Leo, ich bin Minnie. Als Beute bin ich zu groß für dich und auf Ärger mit Katzen bin ich auch nicht aus. Auf gute Nachbarschaft also."

Sie ließ den Kater verwirrt und sprachlos zurück. Das war ja eine dreiste Maus! Die war offenbar nicht ganz richtig im Kopf. Na warte, Maus! Leo kniff seine Augen zu schmalen Schlitzen zusammen. So groß bist du auch wieder nicht und irgendwann kommst du wieder. Leo beschloss, sich auf die Lauer zu legen und sich den Frechling zu greifen, wenn er an der Katzenklappe vorbeiging. Gute Nachbarschaft mit einer Maus! So etwas würde er gar nicht erst einreißen lassen.

Minnie trippelte ein paar Schritte vor Arne. Die Straße war ebenso menschenleer, wie in der Nacht zuvor. Zielstrebig überquerte Minnie die Straße und lief um das Supermarkt-Gebäude herum. Wie schon am Vortag standen mehrere Container unter dem Vordach. Als Arne sicher war, dass ihn niemand beobachtete, schob er den Deckel eines Containers zurück und riss die Augen auf. Ein großer Teil des Lebensmittel-Sortiments aus dem Supermarkt lag im Container. Im ersten Container befanden sich Brot, Kuchen, Brötchen, Kekse und anderes Gebäck. Bei manchen Keksen waren die Verpackungen nicht mehr ganz intakt. Manche Gebäckstücke waren zerdrückt. Einige Verpackungen trugen einen roten Aufkleber. Neben das Gebäck hatte jemand eingeschweißten Käse geworfen. Auch hier trugen einige Verpackungen rote Aufkleber. Daneben lagen Obst, Kartoffeln, Gemüse und Naschzeug.

In einem anderen Container befanden sich verschiedene Dosen und Becher mit Joghurt und Getränken, Tiernahrung, Fisch und Fleisch. Der

Inhalt der Behälter schien einwandfrei zu sein, lediglich die Dosen beziehungsweise Becher wiesen kleinere Schönheitsfehler auf. Sie hatten Dellen oder beschädigte Etiketten.

Arne machte mit seinem Handy Fotos von dem Inhalt der Container. Minnie drängelte zum Handy und tippte: ‚Lass uns einpacken und verschwinden!' Arne nickte. Er suchte Obst, Schokolade und anderes Naschzeug heraus. Minnie ergänzte um ein paar Tüten Nüsse, einen in Folie verpackten Räucherfisch und eine Nougatstange. Dann traten sie mit prall gefülltem Rucksack den Heimweg an. Auf dem Hof bedeutete

Minnie Arne zu warten. Sie holte die Nougatstange aus dem Rucksack, nahm sie in ihr Schnäuzchen und schob sie in den Eingang zu Glatzes Behausung. Dann lief sie mit dem Räucherfisch zwischen den Zähnen zur Katzenklappe von Frau Meusels Eingangstür. Sie wusste genau, was der dicke Kater Leo plante. Aber sie würde ihm einen Strich durch die Rechnung machen. Lautlos schlich sie mit ihrem Fisch neben Arne her. An der Katzenklappe verharrte sie. Noch bevor der dicke Kater gegen die Klappe drücken konnte, um herauszuspringen, drückte sie den Fisch mit aller Kraft gegen die Klappe, so dass er zu Leo in den

Korridor fiel. Dann flitzte sie die Treppe hinauf und schlüpfte an Arne vorbei, der gerade die Wohnungstür aufgeschlossen hatte. Leise schlichen sie in Arnes Zimmer und packten den Rucksack aus.

Minnie stieg auf den Laptop und tanzte: ‚Sag mal, was bedeuten eigentlich die Aufschriften auf den Verpackungen? Da steht manchmal Mindesthaltbarkeitsdatum drauf, manchmal gibt es rote Aufkleber mit neuen Preisen und manchmal steht da Verfallsdatum. Was heißt das?‘ Arne sagte: „Das weiß ich auch nicht so genau. Lass uns das morgen erkunden!"

Es war Tradition, dass der Nikolaus jedem Familienmitglied einen Bunten Teller brachte. Das war vor einer Woche gewesen und die Teller waren längst geplündert. Nur einige wenige Lebkuchen trockneten einsam zwischen Resten von Stanniolpapier und ein paar Nüssen vor sich hin. Arne grinste zufrieden, nachdem er die Mandarinen und die Süßigkeiten auf den Bunten Tellern verteilt hatte. Jetzt waren die Teller wieder gut gefüllt mit Köstlichkeiten. Sie waren sogar noch voller als zum Nikolaustag. Arne war gespannt, wie seine Eltern reagieren würden. Doch noch immer war sein Schulrucksack halbvoll mit den Container-Lebensmitteln. Beim Zubettgehen sagte er zu Minnie: „Lass uns jetzt schlafen gehen. Morgen muss ich in die Schule. Da kann ich dich nicht mitnehmen. Bitte versprich mir, dass du dich auf keinen Fall von meiner Mutter erwischen lässt." Minnie sah Arne an und nickte. Zunächst kletterte sie in den Schuhkarton, den Arne unter sein Bett geschoben hatten, entschied sich aber dann, auf dem Schrank zu schlafen.

Der Räucherfisch

Der Fisch, den Minnie durch die Katzenklappe geschoben hatte, verwirrte Leo. So etwas war ihm noch nie passiert. Und jetzt hatte ihm diese Riesenmaus sogar einen ganzen Räucherfisch gebracht. Die hatte es wirklich ernst gemeint, als sie sich eine gute Nachbarschaft gewünscht hatte. Wo mochte sie den Fisch ergattert haben? Egal, jetzt würde er sich den Leckerbissen erst einmal schmecken lassen. Mit seinen scharfen Krallen schlitzte er die Folie auf und begann zu fressen. Köstlich! So etwas stand sonst nicht auf seinem Speiseplan. Sein Frauchen öffnete immer nur irgendwelche Dosen. Das war nicht schlecht, aber eben auch kein Kracher.

Er hielt inne, als er drei Viertel des Fisches verputzt hatte. Er durfte den Fisch nicht auffressen. Er hatte Verpflichtungen. Das war wirklich zu ärgerlich! Seufzend drückte er den restlichen Fisch mit der Schnauze in den unversehrten Teil der Folie, nahm ihn zwischen die Zähne und balancierte ihn durch die Katzenklappe nach draußen. Er verließ zügig das Grundstück und lief die Straße entlang bis zu einer Baulücke. Hier wuchs allerlei Grünzeug und obwohl da das Schild SCHUTT ABLADEN VERBOTEN! stand, hatten Menschen ihr Geschirr, Möbel, Waschmaschinen und sonstige Abfälle auf dem Gelände entsorgt. Er huschte auf das Grundstück, sprang auf eine alte Kommode, die dort verrottete und lauschte. Da er nichts hören konnte, mauzte er leise. Ein Miauen und Rascheln verrieten, dass sein Ruf gehört worden war. Ein schwarzer Schatten glitt um die Ecke und gleich darauf stand eine langbeinige rabenschwarze Katze mit einem weißen Pfötchen vor ihm.

„Leo, wie schön, dass du mich besuchst!," schnurrte das Tier. „Geht es dir gut, Kasi?", erkundigte sich Leo. „Ich schlage mich so durch. Du weißt ja, die Konkurrenz ist groß", erwiderte die Katze und neigte ihren Kopf in Richtung Buschwerk. Leo folgte ihrem Blick. Er bemerkte sechs leuchtende Augenpaare, die das Geschehen aufmerksam verfolgten und stellte fest: „Du bist eben ganz der Papa! Robust und nicht kleinzukriegen!" Kasi schmunzelte bei dem Vergleich. Ihr Vater Leo war ein dicker getigerter Kater, der ihr überhaupt nicht ähnlich sah. Aber es war schon richtig. Leo war widerstandsfähig. Krankheiten schienen ihm nichts auszumachen. Vielleicht hatte sie es tatsächlich ihm zu verdanken, dass sie noch lebte. Ihre Mutter, alle Geschwister und etliche andere Streunerkatzen waren vor kurzem einem Katzenschnupfen zum Opfer gefallen. Streunerkatzen - so nannten die Stadtmenschen die herrenlosen Katzen, die ihr Dasein irgendwo auf unbebauten Grundstücken, zwischen Wildwuchs und Müll fristen mussten. Sie schliefen unter herumliegenden Brettern alter Möbel, unter Gebäudevorsprüngen und lebten mehr oder weniger von dem, was sie auf der Straße fanden. Manchmal gelang es ihnen, eine Ratte, eine Maus oder einen ungeschickten Vogel zu erbeuten. Eine Zeit lang hatte eine Frau regelmäßig Futter gebracht. In dieser Zeit war es den Streunerkatzen besser gegangen. Aber irgendwann war die Frau nicht mehr gekommen und die Katzen mussten wieder Hunger leiden. Seitdem waren sie auch wieder anfälliger gegen Krankheiten.

Kasi hob den Kopf und schnupperte. „Leo, was duftet da so verführerisch aus deiner Folientüte? Sag schon, ist das für mich?", maunzte sie ihren Vater an und schmiegte sich an seine Seite. Leo lachte gönnerhaft. „Du weißt doch, dass ich mein Töchterchen nicht verhungern lasse. Hier, das habe ich gerade gefunden. Lass es dir schmecken!" Kasi verschlang die Fischreste mit Kopf und Gräten und schnurrte zufrieden. Satt war sie nicht. Aber immerhin hatte sie etwas im Magen. Sie war etwas besser dran, als die anderen Streunerkatzen. Leo brachte ihr hin und wieder etwas zu fressen. „Nun sag schon Leo, woher hast du den Fisch wirklich?" Kasi war eine kluge Katze und dass ihr dicker, fauler Vater diesen köstlichen Fisch gefunden haben sollte, konnte sie sich beim besten Willen nicht vorstellen. Leo zierte sich ein wenig, doch dann erzählte er, wie er zu dem Fisch gekommen war. Kasi horchte auf. Eine Maus, die in der Lage war solche Geschenke zu verteilen, war etwas Besonderes. Die wollte sie bei Gelegenheit genauer beäugen.

Schulhofgespräche

In der Hofpause verteilte Arne großzügig das übrig gebliebene Obst und die Schokolade von seinem nächtlichen Container-Beutezug. Dabei suchte er gezielt die Nähe von Tanja und bot ihr von dem Mandelkonfekt aus einer eingedrückten Schachtel an. Er wusste, dass die Mutter von Tanja in der Städtischen Universität zu tun hatte und dass da auch mit Versuchstieren experimentiert wurde. Tanja nahm überrascht von den Süßigkeiten, schüttelte aber den Kopf, als Arne sich

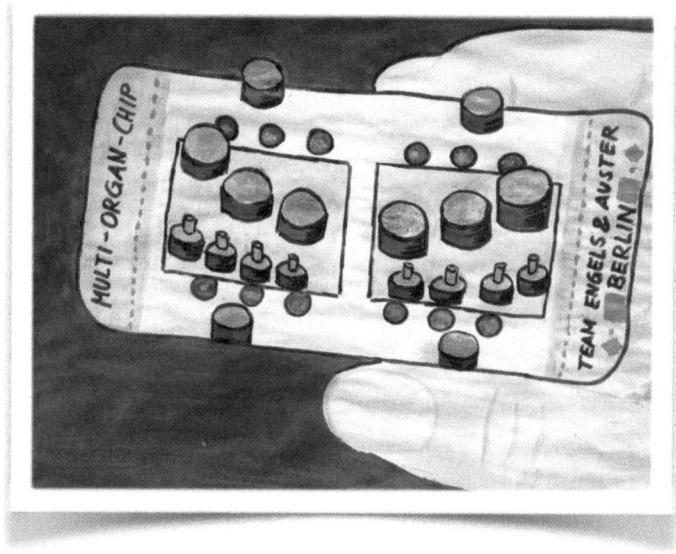

*

nach einem Praktikumsplatz im Tierversuchslabor erkundigte. „Ich glaube nicht, dass meine Mutter dir da helfen kann, Arne. Der Fachbereich meiner Mutter heißt tierversuchsfreie Forschungsmethoden. Da wird nicht mit Tieren experimentiert. Im Gegenteil, die Wissenschaftler forschen gerade an einem Multi-Organ-Chip. Das ist eine neue Forschungsmethode, die exakte Testergebnisse liefert und bei der keine Tiere getötet werden müssen."

„Genau so etwas suche ich!", rief Arne. „Ich will wissen, ob Tierversuche wirklich nötig sind und wie man sie ersetzen kann."

„Komm doch einfach morgen Vormittag vorbei. Wenn du Glück hast, kann dir meine Mutter einen Tipp geben. Woher kommt denn dein plötzliches Interesse an Tierversuchen?"

Auf diese Frage hatte sich Arne vorbereitet. „Ich habe zufällig den Beitrag über Tierversuche in der Zeitschrift NATUR gelesen. Das war interessant und so habe ich ein wenig recherchiert. Aber je mehr ich lese, desto weniger weiß ich, was richtig und was falsch ist."

Tanja sagte ernst: „Darüber sprechen wir oft zu Hause. Meine Mutter meint, dass unbedingt Testmethoden entwickelt werden müssen, die ohne Tierversuche auskommen. Leider wird das kaum gefördert. Die Forschungsgelder fließen in die Tierversuche." Als es zum Unterricht klingelte, fragte Arne noch: „Ist es ok, wenn ich gegen zehn bei euch bin?" Tanja nickte. „Das passt.

Wir wohnen in der Kastanienallee 12." „Alles klar!", freute sich Arne. Dann sortierte er rasch noch die leeren Verpackungen und Folien aus seinem Schulrucksack und warf sie in den Papierkorb. Dabei registrierte er, dass noch immer Marzipankartoffeln und zwei Mandarinen zwischen seinen Schulsachen lagen.

Als er auf dem Heimweg die Brücke am Bahnhof unterquerte, erblickte er zwei Bettler. Sie saßen fast immer hier. Heute war es kalt und sie hatten sich in alte Decken gewickelt. Arne holte die Marzipankartoffeln und Mandarinen aus seinem Rucksack und gab sie den Männern. Der Ältere lächelte überrascht. Arne beobachtete, wie sich die Männer die Marzipankartoffeln in den Mund schaufelten. Auch der Hund, von dem nur die Schnauze unter einer Decke hervorlugte, bekam ein paar ab.

Arne war seltsam berührt, dass er den Männern mit dem wenigen Naschzeug eine Freude bereitet hatte. Das machte ihm bewusst, wie ungerecht es war, dass einige Menschen nichts zu Essen hatten, während Andere die Lebensmittel einfach wegwarfen. In Gedanken versunken lief er nach Hause. Dabei bemerkte er nicht, dass ihm jemand in einigem Abstand bis zu seiner Haustür folgte.

Hanna

Hanna hatte während der Hofpause scheinbar gelangweilt mit ihrem Smartphone gespielt. Dabei hatte sie jedoch aufmerksam registriert, dass Arne Süßigkeiten und Obst an seine Klassenkameraden verteilt und sich mit Tanja unterhalten hatte. Das war ungewöhnlich und so war sie ein Stück näher an die Gruppe herangetreten. Dabei hatte sie erlauscht, dass sich Arne und Tanja über Tierversuche unterhielten. Sie war überrascht, dass sich Arne kritisch damit auseinanderzusetzen schien, dass Forscher den Versuchstieren Schmerzen zufügten und sie töteten.

Sie war neugierig, was Arne in seiner Freizeit tat und so war sie ihm mit einigem Abstand gefolgt. Sie hatte gesehen, dass er den Bettlern etwas gegeben hatte und sie wusste am Ende, wo er wohnte. Nicht schlecht für den Anfang. Vielleicht würde sie ihm irgendwann einmal erzählen, was sie über Tierversuche in Erfahrung gebracht hatte. Schließlich saß sie direkt an der Informationsquelle. Sie spürte, wie der Ärger in ihr aufstieg, wenn sie an den Lebensgefährten ihrer Mutter dachte. Der war so was von daneben! Für sein Luxusleben mussten jeden Tag Mäuse sterben. Dass ausgerechnet dieser Mann, der mit der Zucht von gentechnisch veränderten Mäusen reich geworden war, eine Professur zum Schutz von Versuchstieren bekommen hatte, empörte sie.

Als Hanna vor ungefähr einem Jahr begriffen hatte, womit Egomann sein Geld verdiente, hatte sie im Internet zum Thema Tierversuche recherchiert. Sie war auf Fotos und den Bericht einer Tierschutzorganisation gestoßen. Was sie gelesen hatte, war verstörend. Viele Versuchstiere erlitten unbeschreibliche Qualen. Die Zucht von gentechnisch veränderten Labormäusen war ein Millionengeschäft. Beim Verkauf der Versuchstiere ging es zu wie im Supermarkt. Es gab Discount-Angebote und Werbegeschenke für neue Kunden. Manche Mäuse kosteten mehr als zehntausend Euro. Kein Wunder, dass Egomann in Saus und Braus leben konnte. Sie schämte sich, dass auch sie von diesem Geld lebte. Ihre Mutter interessierte sich weder für sie noch, womit Egomann sein Geld verdiente. Hauptsache er verdiente genug, um ihr ein Schickimicki-Leben zu ermöglichen. Hanna fand das abstoßend und hatte beschlossen, möglichst immer das Gegenteil von dem zu tun, was Egomann von ihr erwartete. Deshalb war sie Mitglied in einem Verein von Tierversuchsgegnern geworden. Sie verweigerte die gemeinsamen Mahlzeiten, die teuren Klamotten und das Lernen in der Schule. Das bedeutete nicht, dass Hanna nicht lernte, im Gegenteil. Im Internet lernte sie mehr, als es Egomann lieb sein konnte. Sie war auf eine Gruppe von Hackern gestoßen. Die setzten sich mit gesellschaftlichen Entwicklungen ebenso kritisch auseinander wie Hanna. Dem Mädchen imponierte, dass diese Hacker ihr Wissen nutzten, um geheime Informationen zum Nachteil der Bevölkerung an die Öffentlichkeit zu bringen. In dem Computer-Club fühlte sie sich gut aufgehoben. Sie hatte im letzten Jahr eine Menge gelernt und war ein akzeptiertes Mitglied dieser verschworenen Gemeinschaft geworden.

Richtige Freunde hatte Hanna nicht. Aus Sorge, dass sie jemand mit Egomann und dessen Tierversuchen in Verbindung bringen könnte, ließ sie niemanden an sich heran. Sie fühlte sich sicherer, wenn niemand etwas über ihr Leben wusste und sie keine Fragen beantworten musste. Hanna hatte eine unsichtbare Mauer um sich herum errichtet. Jetzt war ihr der Gedanke gekommen, sich mit Arne gegen Egomann zu verbünden. Vielleicht konnte man gemeinsam etwas gegen diesen selbstgefälligen Typen ausrichten und auf diese Weise etwas für die Versuchstiere tun. Sie würde Arne jedenfalls im Auge behalten.

Freitagabend zu Hause

Als Arne die Wohnungstür öffnete, durchfuhr ihn ein Schreck. Seine Mutter hatte geputzt und wie so oft seine Zimmertür offen gelassen. Den überquellenden Papierkorb hatte sie unübersehbar in der Mitte des Zimmers platziert, damit er ihn ausleerte. Hoffentlich hatte seine Mutter die Maus nicht entdeckt. Er warf den Rucksack in die Ecke und schloss die Tür. „Minnie, wo bist du?", lockte er. Nichts. Er spähte unter das Bett. Der Karton, die Futter- und Wasserschüssel waren nicht mehr da. Arne wurde blass. „Minnie, wo bist du?", rief er leise. Über ihm er-

tönte ein leises Fiepen. Er sah hinauf und erblickte Minnie auf dem Kleiderschrank.

Arne entspannte sich. „Wie kommst du denn da hoch?" Er stieg auf einen Stuhl und hob die Maus behutsam vom Schrank. Minnie spurtete zum Laptop und tanzte los. „Deine Mutter hat vorhin einen Putzanfall bekommen und aufgeräumt. Du siehst ja, alles ist ordentlich und blitzblank. Ich konnte mich gerade noch rechtzeitig auf den Schrank verkrümeln. Da gefällt es mir übrigens ganz gut." Arne fiel ein Stein vom

Herzen. „Ich glaube, ich sollte dich besser nicht alleine lassen. Willst du dich in meinem Schulrucksack verstecken und mit in die Schule kommen?"

Minnie stieg von der Tastatur und lief zum Rucksack. Dort machte sie es sich in einem stabilen Außenfach, in das ein Viereck mit einem groben Gitterstoff eingenäht war, bequem. Anschließend flitzte sie vom Rucksack zurück zur Tastatur und schrieb: „Das Außenfach ist perfekt!"

In diesem Moment kam Laura herein. „Mutti hat sauber gemacht, hoffentlich hat sie Minnie nicht entdeckt!" „Alles ist gut, Minnie konnte sich rechtzeitig auf dem Schrank in Sicherheit bringen!", beruhigte Arne seine kleine Schwester. Laura streichelte Minnie. „Du bist eine schlaue Maus!"

Dann erzählte ihr Arne von den Bettlern und seinem Termin bei Tanjas Mutter. Laura stutzte: „Sag mal, dann warst du das, mit den Bunten Tellern! Ich dachte Mutti hätte sie aufgefüllt. Wo hast du die vielen Süßigkeiten her?" Als Laura versprochen hatte, nichts zu verraten, erzählte ihr Arne von den Schätzen, die im Container beim Supermarkt lagen.

„Wenn das so einfach ist, dann könnten wir doch jeden Abend etwas aus dem Container für die armen Männer am Bahnhof holen!", schlug Laura vor. Arne schüttelte den Kopf. „Da kannst du nicht mitkommen. Dabei dürfen wir uns nicht erwischen lassen. Schließlich steht da ein Schild auf dem steht ‚Privatgelände, Betreten verboten!'. Die Sachen gehören irgendeinem, auch wenn sie im Container liegen. Wenn jemand kommt, muss ich rasch verschwinden. Das ist wirklich nichts für dich." Und weil Laura traurig war, fügte er hinzu: „Du musst hier aufpassen. Stell dir vor, wenn unsere Eltern wach werden und mitbekommen, dass wir weg sind. Dann gibt es richtig Stress! Es wäre auch blöd, wenn sie mich erwischen würden. Wenn du dein Handy mit ins Bett nehmen und mich anklingeln würdest, wenn etwas Unvorhersehbares geschieht, wäre das eine große Hilfe. Einverstanden?"

Laura nickte. „Sag mal Arne, in einer Woche ist doch Weihnachten und wir fahren zu Oma Maja. Wir haben ihr versprochen, Brot zu sammeln. Wann wollen wir das eigentlich machen?" „Gut, dass du mich erinnerst,

Laura. Wir hängen heute noch Zettel an der Haustür auf und bitten um altes Brot. Beim Zettelschreiben kannst du mir helfen. Ich schreibe die Buchstaben vor und du malst sie ganz dick mit Buntstift aus!" Arne begab sich ans Werk und schrieb in großen Buchstaben auf mehrere Blätter Papier: WIR BITTEN UM BROTSPENDEN, und fügte in kleiner Schrift hinzu: Nur schimmelfreie Backwaren! Abgeben bei Müller, zweite Etage. Laura malte die Buchstaben mit Filzstiften aus. Dabei vergaß sie ihren Ärger, dass Arne sie nicht mit zu den Containern nehmen wollte. Minnie beschäftigte sich indessen am Laptop, den Arne vorsichtshalber so gestellt hatte, dass man die Tastatur von der Tür aus nicht sehen konnte. Nach einer Weile berührte Minnie Arnes Hand und wies mit der Schnauze auf den Bildschirm. Dort stand eine ausführliche Erklärung über das Mindesthaltbarkeits- und Verfallsdatum und den Umgang mit Lebensmitteln.

„Das ist ja interessant!", rief Arne. „Laura, wusstest du, dass manche Lebensmittel nahezu unbegrenzt haltbar sind. Spaghetti zum Beispiel. Das Mindesthaltbarkeitsdatum ist so etwas wie eine Garantie. Bei Schuhen und Computern gibt es auch so eine Garantie, meist für zwei Jahre. Aber niemand wirft seine Schuhe oder seinen Computer nach zwei Jahren weg. Diese Sachen benutzt man so lange, bis sie kaputt sind, oder bis man etwas besseres hat. Bei Lebensmitteln ist das anders. Da gelten sehr strenge Vorschriften. Die dürfen dann nicht mehr verkauft werden, wenn das Mindesthaltbarkeitsdatum überschritten ist, obwohl man sie noch essen kann. Beim Verfallsdatum ist das anders. Das steht auf Fisch- oder Fleischverpackungen, bei Fertigsalaten und anderen frisch zubereiteten Lebensmitteln. Die darf man nicht mehr essen, wenn das Verfallsdatum überschritten ist, weil sich dann Keime und Schimmelpilze entwickeln können. Die sind gefährlich und machen krank." Laura, die für ihr Leben gern Nudeln aß, unterbrach ihre Malerei und schimpfte: „Spaghetti werden weggeworfen, obwohl sie noch in Ordnung sind? Das ist doch total bescheuert!" Arne nickte. „Aber hör mal, hier steht, dass vor kurzem in Kopenhagen ein Kaufhaus eröffnet wurde, das Lebensmittel mit abgelaufenem Mindesthaltbarkeitsdatum verkauft. Vielleicht gibt es so etwas auch bei uns bald. Sinnvoll wäre es jedenfalls."

Etwas später betrat die Mutter das Zimmer, um die Kinder zum Abendessen zu rufen. Die Maus verschwand sofort hinter dem Laptop. So konnte die Mutter nur sehen, was die Kinder auf das Papier geschrieben hatten und sagte: „Da bin ich aber gespannt, wie viel Brot ihr zusammenbekommt. Wir hatten im Herbst nur einen einzigen Zettel an unsere Eingangstür gehängt. Daraufhin haben uns die Leute mit Unmengen Gebäck versorgt. Insgesamt waren es zwei große Tragetaschen voll."

Beim Abendessen erkundigte sich der Vater: „Sag mal Gerda, seit wann füllst du eigentlich die Bunten Teller wieder auf? Das sind ja völlig neue Sitten!" „Ich?", fragte die Mutter erstaunt, „Ich denke eher, dass du dabei die Hand im Spiel hattest, Olaf!" Der Vater, Arne und Laura zogen nur die Schultern hoch und schüttelten den Kopf. Der Vater sagte mit ernstem Gesichtsausdruck: „Na wenn du das nicht warst, dann kann es nur Knecht Ruprecht gewesen sein." Bei diesen Worten tätschelte er seiner Frau liebevoll die Hand. Daraufhin grinste die Mutter und sagte verschwörerisch: „Jedenfalls kann dieser Knecht Ruprecht offenbar unverschämt gut schwindeln." Die Eltern vermuteten, dass jeweils der Andere die Bunten Teller aufgefüllt hatte und weder Laura noch Arne bemühten sich, diesen Irrtum aufzuklären. Nach dem Abendessen griff sich Arne zwei Nougatkugeln von seinem Bunten Teller und schob eine in den Mund. „Lecker", sagte er und fügte hinzu: „Ich lese noch ein bisschen in meinem Buch für den Deutschunterricht. So schlecht ist das gar nicht." Dann ging er in sein Zimmer und gab Minnie die zweite Nougatkugel, legte das Buch zurecht und setzte sich gemeinsam mit der Maus vor seinen Laptop, um mit ihr das Internet nach Tierversuchen zu durchstöbern.

„Mutti, ich möchte eine Geschichte hören", forderte Laura. „Ein Hörbuch? Oder soll ich dir etwas vorlesen?", fragte die Mutter. „Ein Hörbuch! Das von dem Piratenschatz!", strahlte Laura. „Aye, aye, kleine Piratin!" Lauras Mutter suchte eine CD aus der Box und reichte sie dem Vater. Der blickte verständnislos von seiner Zeitung auf. Dann begriff er. „Soll ich dir die CD einlegen, Laura?" Laura nickte. Als der Vater aufstand, um zum CD-Player in Lauras Zimmer zu gehen, hielt sie ihn fest. „Ich will sie bei euch hören. Der Vater seufzte und nickte. Dann legte er die CD ein und hörte zum ungefähr dreißigsten Mal gemeinsam mit seiner Tochter deren anderthalbstündige Lieblingsgeschichte.

Als die Geschichte zu Ende war, ging Laura ohne Murren zu Bett. Die Eltern zogen sich nach ihrem anstrengenden Arbeitstag ebenfalls bald zurück. Arne wartete noch eine halbe Stunde. Dann zog er den dunklen Trainingsanzug an, griff seinen Rucksack und schlich mit Minnie aus der Wohnung. „Warte hier auf mich, ich hole rasch mein Fahrrad. Dann kann ich den Rucksack auf den Gepäckträger klemmen und muss nicht so schwer schleppen", sagte er und ging lautlos die Kellertreppe hinunter.

Gefährliche Begegnung

Als Arne im Keller verschwunden war, schob sich ein Schatten vor den Eingang. Ein leuchtendes Augenpaar fixierte Minnie und eine Stimme ertönte aus dem Dunkel: „So so, du bist also Supermaus!" Minnies kleines Mäuseherz klopfte zum Zerspringen, als sie stammelte: „Entschuldigung, mit wem habe ich das Vergnügen?" Es kostete sie große Mühe, mit fester Stimme hinzuzufügen: „Es wäre nett, wenn du etwas

ins Licht gehen würdest. Ich kann dich sonst nicht sehen."

Der Schatten bewegte sich weg vom dunklen Hauseingang hinüber in den Hof. Minnie erblickte ein hochbeiniges, schlankes Tier mit schwarzem Fell und einer weißen Pfote. Eine Katze! Minnie erkannte, dass ihr Instinkt sie nicht getrogen hatte. Anders als der fette Leo war diese Katze eine tödliche Bedrohung. Minnie hatte keine Fluchtmöglichkeit und Arne war viel zu weit entfernt, um ihr zu helfen. Zu ihrer Überraschung hörte sie die Katze sagen: „Leo hat mir verraten, dass hier eine Riesenmaus eingezogen ist, die ihm einen Fisch geschenkt hat. Warst du das? Ich bin Leos Tochter. Erzähl mir etwas über den Fisch!"

Minnie spürte, wie ihr Herzschlag sich beruhigte. Die Katze war offensichtlich nicht auf Mäusejagd. Minnie erklärte: „Der Fisch war ein Freundschaftsangebot an Leo. Möchtest du auch einen Fisch?" Die Katze schnurrte: „Gerrrrrrn, sehrrrr, sehrrrrr gerrrrn!" „Kein Problem, ich kann dir einen Fisch mitbringen oder du folgst uns jetzt unauffällig und holst dir selber, was du magst. Da wo wir hingehen, findest du jede Menge Futter, nicht nur Fische. Aber du musst achtgeben! Niemand darf dich sehen und du darfst keine Spuren hinterlassen. Heute nicht und auch nicht, wenn du das nächste Mal alleine dort hingehst. Die Menschen dürfen nicht bemerken, dass wir ihnen das Futter wegnehmen." „Ich werde dir folgen wie ein Schatten. Niemand sieht mich, wenn ich es nicht will", schnurrte die Katze. Arne der gerade mit seinem Fahrrad aus dem Keller kam, hatte nichts von alledem bemerkt. Kasi war scheinbar eins geworden mit dem schwarzen Schatten der Hauswand.

„Komm Minnie, wir müssen uns beeilen!", mit diesen Worten hob Arne die Maus in seinen Rucksack und radelte los. Schon wenige Minuten später hatten sie ihr Ziel erreicht. Die Katze war ihnen lautlos gefolgt und hatte beobachtet, wie Arne den Deckel des Containers zurückgeschoben und verschiedene Dinge aus dem Container geholt hatte. Diesmal hatte er neben Obst und Süßigkeiten auch einige Sandwiches gewählt. Die Brote waren völlig in Ordnung. Auch hier hatten lediglich die Verpackungen ein paar Dellen. Als Minnie eine Tüte Nüsse aus dem Container holte, huschte ein Schatten an ihnen vorbei und verschwand im Container. „Oh!", entfuhr es Arne. Er hatte sich erschreckt. Minnie schüttelte den Kopf und deutete auf Arnes Smartphone. Arne schaltete es an und Minnie tippte. „Das ist eine hungrige Katze. Sie ist uns gefolgt. Keine Sorge, sie wird sich benehmen!" Jedenfalls hoffte Minnie das und wie zur Bestätigung tauchte die Katze mit zwei großen, in Folie verpackten Fischen in der Schnauze auf und verschwand lautlos in der Dunkelheit. „Komm, ab nach Hause!", rief Arne und hielt Minnie den Rucksack auf. Minnie kletterte hinein und Arne radelte zügig heim.

Als Arne sein Fahrrad in den Keller brachte, hörte Minnie leises Schmatzen. Es kam von den Sträuchern an der Grenze zum Nachbarhof. Die Katze hatte sich über den Fisch hergemacht. Einen hatte sie bereits verschlungen.

Minnie erkundigte sich: „Ist der Fisch gut?" „Das beste, was ich je gegessen habe", erwiderte die Katze. „Ich heiße übrigens Kasi. Wenn du irgendwann einmal meine Hilfe brauchen solltest, sag mir Bescheid. Du hast mir einen unschätzbaren Dienst erwiesen. Ich bin eine Straßenkatze. Das bedeutet, dass ich keinen Besitzer habe, der mich füttert. Ich muss mir jeden Happen selber suchen oder erbeuten. Da ist es schon etwas Besonderes, einen ganzen Fisch für sich zu haben."

Minnie stellte sich vor: „Ich heiße Minnie. Es geht immer noch schlimmer, glaub mir. Ich komme aus einem Tierversuchslabor. Ich habe riesengroßes Glück gehabt. Sonst wäre ich nicht mehr am Leben. Aber jetzt muss ich gehen, Arne kommt."

„Du findest mich nachts immer hier in der Nähe. Tagsüber schlafe ich auf dem verwilderten Grundstück in der Nebenstraße. Sie winkte zum Abschied mit ihrer weißen Pfote. Minnie winkte zurück und verschwand im Haus. Unbemerkt gelangten sie in Arnes Zimmer. Dort nahmen sie nur die Nüsse und etwas Schokolade aus dem Rucksack. Arne ging ins Bett und Minnie kletterte auf den Schrank und kuschelte sich in Arnes Mütze, die er ihr dort zurechtgelegt hatte. Beide schliefen sofort ein.

Das System Tierversuche

Als Arne auf die Uhr blickte, sprang er mit einem Satz aus dem Bett. Es war höchste Zeit. In einer Stunde wollte er bei Tanjas Mutter sein. Nach Katzenwäsche und Frühstück schnappte er seinen Rucksack, in dem es sich Minnie bereits bequem gemacht hatte und radelte los. Kurz nach zehn war er am Ziel. Tanjas Mutter, Frau Hilfsberg, begrüßte ihn an der Haustür mit den Worten:„ Guten Morgen Arne, bist du sicher, dass du dich mit Tierversuchen beschäftigen willst? Das ist kein schönes und kein einfaches Thema."

Arne nickte: „Guten Morgen, Frau Hilfsberg. Das ist mir klar. Danke, dass Sie Zeit für mich haben. Seit ich diesen Artikel in der Zeitschrift gelesen habe, lässt mich das Thema nicht mehr los. Ich habe das Gefühl, je mehr ich lese, desto weniger verstehe ich. Vielleicht kann an der Uni jemand meine Fragen beantworten. Dort werden doch Tierversuche gemacht, stimmt's?"

„An der Universität kannst du mit vielen klugen Leuten über Tierversuche reden. Aber dass du bei deinem Praktikum in ein Tierversuchslabor hinein kommst, ist völlig ausgeschlossen. Vor kurzem haben Tierschützer heimlich in einem Labor gefilmt und das Filmmaterial herausgeschmuggelt und ins Internet gestellt. Es gab eine Menge Ärger. In die Versuchslabore kommt niemand mehr rein, der nicht fest angestellt ist.

„Meinen Sie die Bilder, bei denen die Affen blutige Köpfe haben, weil ihnen Metalldrähte ins Gehirn implantiert wurden?", erkundigte sich Arne. „So ähnlich", nickte Frau Hilfsberg, „mit dem Unterschied, dass es sich hier nicht um Affen sondern um Mäuse handelt. Bei uns wird nicht mit Affen experimentiert. Du hast offenbar die Bilder von den geschundenen Tieren im Internet gesehen. In meiner Abteilung werden keine Tierversuche gemacht. Da kannst du lernen, wie und womit wir die Tierversuche mittelfristig ersetzen wollen. Vorab vielleicht so viel: Einige Tierversuche sind gesetzlich vorgeschrieben. Um die kommt niemand herum, wenn die Gesetze nicht geändert werden. Und bevor beispielsweise ein neues Medikament zugelassen werden darf, muss es getestet werden. Früher ging das nur mit Versuchen an lebenden

Tieren. Diese Tierversuche gehen jetzt in dem Umfang zurück, wie tierversuchsfreie Testmethoden erforscht und eingesetzt werden können.

Ganz anders sieht das in dem Bereich der Grundlagenforschung aus. Hier versuchen Forscher zu verstehen, wie ein Organismus funktioniert, was ihn krank und was ihn gesund macht. Weil man am Menschen nicht herumexperimentieren kann, entstand irgendwann die Idee, das Erbgut von Tieren zu manipulieren, also genetisch veränderte Tiere zu schaffen. Dazu werden bevorzugt Mäuse verwendet, weil die sich so rasch vermehren. Die Erschaffer dieser so genannten transgenen Mäuse ließen ihre Schöpfungen sogar patentieren und verdienen eine Menge Geld damit. Die Forschung an solchen Genmäusen ist zum Selbstläufer geworden. Eine absurde Entwicklung!"

Arne hatte aufmerksam zugehört. Frau Hilfsberg hatte ihm ein paar wichtige Steinchen für sein Tierversuchspuzzle geliefert und er fragte: „An solchen Genmäusen wird im Max-Moritz-Institut geforscht, stimmt's?" Frau Hilfsberg bestätigte Arnes Vermutung: „Richtig! Das Max-Moritz-Institut, das Omega-Trans-Labor, das Frank-Stone-Centrum und zig andere Forschungseinrichtungen machen Experimente mit diesen transgenen Mäusen." Arne warf ein: „Ich habe auch gelesen, dass es durch die Forschung an diesen Genmäusen möglich ist, Krankheiten zu erkennen und zu heilen. Stimmt das?"

„Ein bisschen schon", antwortete Frau Hilfsberg. „Ein blindes Huhn findet auch mal ein Korn, sagte meine Oma immer. Die Tierversuchsforscher feiern es immer als großen Erfolg, wenn es ihnen gelingt, Tiere zu heilen, die sie zuvor krank gemacht haben. Auf den Menschen sind die Ergebnisse aber nur in den allerseltensten Fällen übertragbar. Der Mensch sieht eben nicht nur anders aus als eine Maus, er funktioniert auch anders! Meiner Ansicht nach treiben diese Wissenschaftler ihre Forschungen an der falschen Methode immer weiter voran, statt nach besseren Modellen zu suchen."

Frau Hilfsberg blickte auf die Uhr: „Ich habe heute noch viel zu tun, Arne. Das muss dir als Vorgespräch erst einmal ausreichen. Du hast ja in deinem Kurzpraktikum drei Tage Zeit, den Forschern Löcher in den Bauch zu fragen. Tanja will ihr Praktikum in der Kostümschneiderei des

Theaters machen. Dümmer macht das sicher nicht, aber dass sie euch schon in der siebenten Klasse zum Praktikum schicken, finde ich ungewöhnlich. Nun ja, eure Lehrer werden sich etwas dabei gedacht haben. Am besten, du kommst am Dienstag um neun Uhr zu mir in die Uni. Du findest mich im Raum 1-18. Ich bringe dich dann zu deinem Betreuer. Der weiß noch nichts von seinem Glück. Aber er wird das schon machen, wenn ich ihn darum bitte. Wir haben übrigens in der nächsten Woche einen wissenschaftlichen Kongress über Tierversuche und tierversuchsfreie Forschungsmethoden. Wenn du willst, kannst du daran teilnehmen. Du wirst nicht alles verstehen, aber ich denke, ein paar deiner Fragen bekommst du sicher beantwortet."

„Danke!", strahlte Arne. Tanja, die das Gespräch verfolgt hatte, sagte: „Ich bin froh, dass du nicht diese Mäuseforschung machst. Damit hätte ich echt ein Problem."

Tanjas Mutter erwiderte nachdenklich: „Dann warte mal ab, was dir Arne nach dem Kongress erzählt. Er wird dort viele Tier-Experimentatoren kennenlernen. Sie sind alle davon überzeugt, dass sie das Richtige tun und sie sind auch in der Lage, andere Menschen davon zu überzeugen. Sonst wäre ihnen längst das Geld ausgegangen. Jetzt habe ich aber wirklich zu tun. Machs gut, Arne, bis Dienstag!"

Nach diesen Worten erhob sich Frau Hilfsberg und verabschiedete sich von Arne. Der stieg auf's Fahrrad und radelte los.

Überraschung auf dem Heimweg

Arne nahm wie am Vortag den Weg, der am Bahnhof entlangführte. Auch heute hatten die Bettler unter der Bahnbrücke Schutz vor Regen und Wind gesucht. Arne stieg vom Fahrrad, holte Sandwiches, Obst und Süßigkeiten aus dem Rucksack und gab sie den Bettlern. „Jungchen, es ist doch noch gar nicht Weihnachten!", grinste der bärtige Mann mit dem Basecap. Arne sah ihm an, dass er sich freute. Der andere Mann starrte nur geradeaus und schien von alldem nichts mitzubekommen. „Ich fahr dann mal wieder los!", sagte Arne. Der Bärtige nickte freundlich, als Arne davon radelte.

An der Kreuzung musste er scharf bremsen. Fast wäre er mit Hanna zusammengestoßen. Sie kam ihm mit dem Fahrrad auf der falschen Straßenseite entgegen. „Hanna, warum fährst du auf der linken Seite? Um ein Haar hättest du mich umgefahren!", rief Arne ärgerlich. „Oh, sorry", erwiderte Hanna scheinheilig. „Das tut mir leid. Ich habe wohl nicht aufgepasst."

Hanna wusste von Arnes Termin bei Frau Hilfsberg. Ihr war auch bekannt, dass das Team um Frau Hilfsberg an der Städtischen Universität daran arbeitete, Tierversuche zu ersetzen. Hanna wollte wissen, was Arne bei Frau Hilfsberg erfahren hatte. Deshalb hatte sie in der Nähe des Hilfsberg-Hauses gewartet und war Arne mit dem Fahrrad gefolgt. Bei den Bettlern hatte sie ihn überholt und war auf die falsche Straßenseite gewechselt. An der Kreuzung hatte sie dann den Fast-Zusammenstoß provoziert, um den Eindruck einer zufälligen Begegnung zu erwecken und Arne in ein Gespräch zu verwickeln.

„Kennst du die Bettler?", begann Hanna ihre Befragung. „Nein, ich hatte nur etwas zu Essen übrig. Das habe ich ihnen gebracht", erwiderte Arne. „Ich war bei Frau Hilfsberg. Tanjas Mutter besorgt mir einen Praktikumsplatz an der Uni. Da ist nächste Woche ein Kongress über Tierversuche und ich bekomme die Chance, mit Leuten zu reden, die Tierversuche durchführen." „Was erhoffst du dir davon? Glaubst du, die sind ehrlich und binden dir auf die Nase, warum sie Tiere quälen?" Arne stutzte. Bislang hatte er sich keine Gedanken über Hanna gemacht. Er hatte sie kaum wahrgenommen. Selten sprach sie mehr als einen Satz.

Und jetzt kritisierte ausgerechnet die zurückhaltende Hanna die Tierexperimentatoren. Er fragte sie: „Hast du ein Problem mit Tierversuchen?" „Ich? Nein, ich habe überhaupt kein Problem. Ich schätze aber, die Tiere haben ein Problem damit", erwiderte sie. „Wie würdest du es finden, wenn sie deinen Kopf aufbohren würden, um Drähte hineinzustecken, damit man deine Gehirnaktivitäten messen kann? Und was würdest du sagen, wenn man dir dann so lange nichts zu trinken geben würde, bis du bereit wärst, Aufgaben zu lösen?" „Was redest du da, Hanna?" fragte Arne und man sah ihm sein Unbehagen an. „Ich rede von Tierversuchen aus der Hirnforschung und nicht einmal von den schlimmsten!", erwiderte das Mädchen.

„Woher willst du wissen, dass so etwas gemacht wird?", fragte Arne zweifelnd. „Das zu erklären ist etwas kompliziert. Aber mit etwas Glück kann ich es dir beweisen. Du musst mir nur versprechen, es keinem zu verraten. Hast du Montag nach der Schule Zeit?"

Arne nickte: „Klar." Hanna sagte: „Ok, ich muss dann nur kurz vorher nach Hause, um etwas zu holen. Wir treffen uns Montag um drei in dem kleinen Park neben dem Max-Moritz-Institut."

„Prima. Tschüß dann bis Montag", verabschiedete sich Arne. Hanna erwiderte: „Bis Montag! Und zieh dir etwas Unauffälliges an!"

Als Arne zu Hause angekommen war, ließ er Minnie aus dem Rucksack. Minnie tippte sofort auf dem Laptop: ‚Das klingt ja ganz schön geheimnisvoll, Arne. Ich bin gespannt auf Montag. Diese Hanna hat sich offenbar mit Tierversuchen beschäftigt. Ich wüsste zu gerne, warum.'

Beim Abendessen fragte Arne in die Runde: „Sagt mal, was schenken wir eigentlich Oma zu Weihnachten?" Der Vater erwiderte: „Wir Erwachsenen schenken uns doch seit Jahren nichts zu Weihnachten." Ja, aber wir sind doch bei Oma zu Besuch. Laura und ich bleiben sogar bis Silvester dort. Da hat sie doch Arbeit und Geld kostet das auch." Arnes Vater schüttelte den Kopf. „Oma macht das gerne, sie freut sich auf euch." Damit gab Arne sich nicht zufrieden. „Ich finde, wir sollten ihr etwas schenken. Ich habe mir doch zu Weihnachten einen neuen Laptop gewünscht, weil bei dem alten der Akku nicht mehr lange hält." Arne hielt den Kopf schief und grinste seinen Vater an: „Also falls ich einen neuen Laptop bekommen sollte, habe ich mir überlegt, dass wir Oma doch den alten schenken könnten. Dazu kaufen wir ihr ein Jahresabo fürs Internet und ich bringe ihr über die Feiertage bei, wie der Laptop funktioniert." Arnes Vater lachte: „Du kannst ja Geschäfte machen! Meinst du denn, dass Oma damit etwas anfangen kann?" Arne nickte heftig: „Na klar. Oma ist doch fit. Sie tippt doch ihre Briefe immer an einem riesigen Uralt-Computer. Der ist allerdings viel zu langsam fürs Internet." Auch Laura nickte: „Klar, Computer ist doch kinderleicht. Was ich kann, kann Oma auch." Die Mutter zog unschlüssig die Schultern hoch, hatte aber nichts gegen den Vorschlag einzuwenden. „Na gut, dann machen wir es so, Arne. Du siehst zu, dass du einen günstigen Anbieter findest, der auch bei Oma in Eschendorf eine vernünftige Netzqualität garantiert." „Darum kümmere ich mich sofort nach dem Essen", freute sich Arne.

Die Drohne

Wie vereinbart trafen sich Arne und Hanna am Montag Nachmittag im Park neben dem Max-Moritz-Institut. Es regnete nicht und so hatten sie sich auf eine Parkbank gesetzt, die hinter dichten Büschen verborgen lag.

Hanna trug wie immer ihre dunkle weite Winterjacke, einen Schlabberpullover und Jeans. Arne hatte seinen dunkelgrünen Parka und schwarze Jeans angezogen. Hanna hatte eine Tragetasche mit einem Karton bei sich. Als sie ein Gerät mit vier kleinen Propellern aus dem Karton nahm, erklärte sie dem staunenden Arne: „Das ist eine Drohne mit einer hochauflösenden Kamera. Die macht gestochen scharfe Bilder und Videos. Ich musste ziemlich lange üben, bis ich mit dem Teil umgehen konnte, aber seit ein paar Wochen klappt es ganz gut. Mit der Drohne kannst du Dinge beobachten, die du eigentlich nicht sehen sollst. Zu Hause habe ich immer den Nachbarn beim Grillen zugesehen", fügte sie mit einem Grinsen hinzu. So hatte Arne Hanna noch nie erlebt. Sie war regelrecht aufgekratzt. „Bitte versprich mir, dass du keinem verrätst, was wir hier machen. Ich schätze, dass es nicht ganz legal ist. Ich kenne zwar die Vorschriften über den Umgang mit Drohnen nicht, aber ich bin mir ziemlich sicher, dass es nicht erlaubt ist, die Laborräume des Max-Moritz-Instituts zu filmen." Sie reichte Arne einen kleinen Monitor und wies ihn an: „Hier hast du den Bildschirm. Darauf kannst du sehen, was die kleine Kamera gerade im Fokus hat. Du beobachtest den Bildschirm und sagst mir, wohin ich die Drohne steuern soll, ok?" Arne war baff. „Dass du dich mit solchem Technikzeug befasst, hätte ich nicht gedacht." Darauf lachte Hanna: „Ich mache noch ganz andere Sachen, die mir niemand zutraut." Hanna ließ offen, was sie damit meinte.

Arne stellte den Rucksack auf der Bank ab und hielt den Bildschirm so, dass auch Minnie freie Sicht auf ihn hatte. Dann sagte er: „Von mir aus kann's losgehen!" Hanna setzte die Drohne auf dem Weg ab und griff nach der Fernbedienung. Dann sah sie zu Arne und sagte: „Fertig. Lass uns in der oberen Etage beginnen!", und drückte auf einen Knopf der Fernbedienung. Surrend erhob sich das kleine Fluggerät in die Luft. Geschickt lenkte Hanna die Drohne über die Büsche zu dem höchsten Stockwerk des Gebäudes in die Nähe eines Fensters. Arne kontrollierte den Bildschirm. „Das ist nur ein Büroraum mit Aktenordnern", stellte er fest. Darauf steuerte Hanna die Drohne zum nächsten Fenster. „Da ist auch nichts Interessantes, nur Kästen mit Mäusen und ein leerer Tisch. Es ist ja Wahnsinn, wie gut man die Dinge erkennen kann!" „Ja, die Kamera ist wirklich klasse", nickte Hanna während sie das nächste Fenster ansteuerte. „Halt!", rief Arne, „etwas mehr nach rechts!" Hanna bewegte die Drohne etwas nach rechts und Arne erstarrte. Dann rief er: „Hanna, das ist ja ekelhaft." Hanna sah auf den Bildschirm und schluckte. „Ja, wir haben Glück. So sieht es aus, wenn sie einer Maus die Schädeldecke öffnen und die Elektroden einführen. Solche Bilder findest du nicht in den Hochglanzbroschüren der Forscher." Arne war froh, dass er saß. Der Brechreiz würgte ihn. Er fühlte sich hundeelend. Er sah zu Minnie, die von ihrem Ausguck im Rucksack den Bildschirm fixierte. Wie mochte ihr zumute sein? Hanna bemerkte, dass Arne bleich geworden war und erkundigte sich besorgt: „Hast du genug gesehen?" „Ja, es reicht! Ich will nicht noch mehr sehen!", nickte Arne. Darauf steuerte Hanna das Fluggerät geschickt zurück, so dass es ganz sanft vor ihnen auf dem Boden aufsetzte.

„Jetzt hast du einen Tierversuch live erlebt. In dem gesamten Gebäudeteil wird experimentiert. Da gibt es noch zig andere Versuche. In dem neuen Anbau ist das Omega-Trans-Labor. Da werden transgene Mäuse gezüchtet. Jedes Jahr ungefähr vierzigtausend. Als ich diese Versuche zum ersten Mal gesehen habe, musste ich kotzen. Ich konnte die ganze Nacht nicht schlafen." Arne war fassungslos. „Du kennst das alles? Deshalb bist du gegen Tierversuche, stimmt's!" „Ja, ich habe vor etwa einem Jahr kapiert, was hier geschieht. Leider interessieren sich nur ein paar Tierschützer für das Elend der Versuchstiere hinter diesen Mauern. Die Forscher behaupten, dass sie mit ihrer Forschung Krankheiten heilen können. Und weil die Forscher einen guten Ruf haben und man ihnen keine Fehler zutraut, glauben ihnen die Leute. Und die Mäuse können ja nicht widersprechen." „Ich habe immer noch tausend Fragen. Aber nicht hier. Ich muss hier weg. Hast du Lust, mit zu mir nach Hause zu kommen? Da können wir weiter reden." „Gern", antwortete Hanna, und erkundigte sich fürsorglich: „Geht's dir wieder besser?" Arne erhob sich von der Bank und erwiderte: „Bis wir zu Hause sind, ist es sicher wieder gut." Erneut wurde Arne bewusst, dass er Hanna völlig falsch eingeschätzt hatte. Sie konnte und wusste Dinge, von denen wohl niemand in seiner Klasse einen blassen Schimmer hatte.

Zu Hause angekommen stellte Arne seinen Rucksack ab. „Lass uns die Bilddateien von der Drohne auf meinen Computer übertragen." Arne setzte sich und zeigte auf den Stuhl neben ihm. Hanna nahm Platz und holte zwei Speicherkarten aus ihrer Tasche. „Ich habe schon früher mit der Drohne Videos und Bilder aufgenommen." Als sie Arne die Speicherkarten gab, warnte sie ihn: „Die Videos von den Versuchen sind hart. Schau sie dir erst an, wenn du sicher bist, dass du die Nerven dafür hast. Wenn du das gesehen hast, weißt du, warum die Forscher solche Bilder nicht veröffentlichen."

Während Arne mit der Datenübertragung beschäftigt war, huschte ein Schatten durch das Zimmer zum Computertisch. „Au", rief er überrascht, als Minnie an seinem Hosenbein herauf und dann über seinen Ärmel auf den Tisch kletterte. Hanna sprang auf, als sie die Riesenmaus erblickte. Als sie erkannte, dass die Maus auf der Tastatur tanzte und dabei auf dem Bildschirm die Worte erschienen ‚Arne, wie lange muss ich noch warten, bis du mich mit Hanna bekannt machst?‘, machte sie ein verdattertes Gesicht. Arne holte tief Luft und erklärte Hanna, wer Minnie war und was sie erlebt hatte. Er schloss mit den Worten: „Das ist jetzt das erste Mal, dass sich Minnie nicht an unsere Vereinbarungen hält. Eigentlich sollte sie sich keinem Fremden zeigen."

Hanna runzelte die Stirn: „Ich glaub, ich spinne! Du hast eine Vereinbarung mit einer Maus? Die Maus schreibt Texte auf der Tastatur? Nee!" Noch bevor Arne reagieren konnte, hatte Minnie getippt: ‚Arne bindet dir keinen Bären auf. Das stimmt wirklich!‘ Hanna war perplex. „Wenn ich das nicht mit eigenen Augen sehen würde, könnte ich es nicht glauben." Minnie erwiderte: ‚Ich bin ganz sicher, dass du ein Geheimnis bewahren kannst, Hanna. Sonst wäre ich nicht aus meinem Versteck gekommen. Ich kann einfach nicht im Rucksack sitzen bleiben, wenn es um Leben und Tod meiner Verwandten geht. Also, habt ihr etwas dagegen, wenn ich mir jetzt die Videos vom Max-Moritz-Institut ansehe?‘, fragte Minnie sehr bestimmt.

Hanna schüttelte noch immer sprachlos den Kopf, während Arne fürsorglich davon abriet: „Das ist keine gute Idee. Tu dir das nicht an." ‚Ach Arne, versteh das doch!‘, schrieb Minnie, ‚Ich bin eine Labormaus. Ich habe das Labor vermutlich als Einzige überlebt. Ich muss endlich genau wissen, was mir erspart geblieben ist.‘

„Gut, dann warte aber bitte damit bis heute Abend. Lass uns jetzt gemeinsam überlegen, was wir gegen diese Tierquälerei tun können.

Hanna hatte sich gefasst und schlug vor: „Vielleicht sollten wir erst einmal so viel wie möglich über die Wissenschaftler herausfinden, die an tierfreien Testmethoden forschen. Wenn ich gewusst hätte, dass morgen dieser Kongress stattfindet, hätte ich mein Praktikum auch an der Uni gemacht. Aber jetzt habe ich mich beim Tierheim angemeldet.

Ich habe den Leuten dort versprochen, beim Streichen der neuen Hundezwinger zu helfen. Ich kann die jetzt nicht hängen lassen. Arne, du musst unbedingt in deinem Praktikum herausbekommen, warum so wenige Forscher an tierversuchsfreien Methoden forschen. Und erkundige dich, wie diese grausame Hirnforschung an Mäusen dazu beitragen soll, Menschen zu heilen. Lass dich nicht mit irgendeinem allgemeinen Bla Bla abspeisen. Am besten, du lässt dir alles ganz konkret an einem Beispiel erklären." Hanna gab ihm noch ein paar andere praktische Ratschläge mit auf den Weg. Als sie sich am Abend von Arne verabschiedete, verabredeten sie, sich am Ende des Praktikums zu treffen, um sich über ihre Erlebnisse auszutauschen.

Als Minnie sich am Abend Hannas Bilder und Videos aus dem Labor angesehen hatte, war sie entsetzt. Hanna hatte sie zwar gewarnt, doch was sie gesehen hatte, war schlimmer, als ihre schlimmsten Befürchtungen. Sie hatte den Laborraum wiedererkannt, in dem sie mit ihrer Familie gelebt hatte. Auf einem Bild war jemand, der sie an jenen Professor erinnerte. Das war jener Professor, der damals angeordnet hatte, dass sie entsorgt werden sollte. Minnie lief es eiskalt über den Rücken und sie schwor sich: Warte nur, Professor Pickel, dir werde ich das Handwerk legen! Ganz bestimmt!

Der Kongress

Am nächsten Morgen fand sich Arne pünktlich im Raum 1-18 ein. -Frau Professor Hilfsberg- las er verwundert auf dem Türschild. Dass Tanjas Mutter Professorin war, hatte er gar nicht gewusst. Als sie ihn begrüßte, wollte er sich entschuldigen, weil er sie nicht mit Frau Professor angesprochen hatte. Doch sie lachte nur und winkte ab. „Lass gut sein, Arne. Der Titel ist nur wichtig für die Hochschule. Zu Hause brauche ich ihn nicht. In der Uni ist ein Titel ganz nützlich, wenn man ernst genommen werden will, ganz besonders, wenn man eine Frau ist." Sie machte Arne mit einem jungen Mann bekannt: „Das ist Arne Müller, das ist Jens Altermann. Herr Altermann schreibt seine Doktorarbeit über eine tierversuchsfreie Forschungsmethode. Er kann dir sicher alle deine Fragen beantworten, Arne und dich zum großen Hörsaal bringen. Dort beginnt in einer Stunde die Konferenz. Scheu dich nicht zu fragen, wenn du etwas nicht verstehst."

Mit den Worten: „Lass uns keine Zeit verlieren, Arne", öffnete der Doktorand die Tür und die beiden gingen hinaus. Es war ein anstrengender Tag für Arne. Am Abend schwirrte ihm der Kopf. Er war froh, dass er sich so viel aufgeschrieben hatte, sonst hätte er sich das Gehörte nicht merken können. Bei einigen Vorträgen hatte er gar nichts verstanden und abgeschaltet. Aber manche Wissenschaftler konnten sich auch einfach ausdrücken, so dass ihm ein paar wichtige Dinge klar geworden waren.

Arne war zu Hause und hatte gerade seine Aufzeichnungen sortiert, als es klingelte. Hanna stand vor der Tür. Arne fasste das Erlebte für sie zusammen: „Der Kongress war spitze. Den meisten Forschern geht es in erster Linie ums Geld und um Anerkennung. Tierversuche lohnen sich. Dafür gibt's jede Menge Fördergelder vom Staat. Daran gemessen ist der Forschungszweig, der sich mit der Entwicklung von tierversuchsfreien Testmethoden befasst, unattraktiv. Trotzdem gibt es Forscher, die auf diesem Gebiet erfolgreich geforscht haben. Vor denen habe ich großen Respekt. Ihnen ist es zu verdanken, dass bei der Arzneimittelzulassung sehr viel weniger Tierversuche durchgeführt werden müssen als früher. Die Wissenschaftler haben herausgefunden, dass man an künstlich gezüchteter Menschenhaut oder an bebrüteten Hühnereiern testen kann, ob ein Wirkstoff Reizungen verursacht. Solche Tests sind heute Standard. Man muss keine Tiere mehr quälen, die Ergebnisse sind genauer als bei Tierversuchen und meist auch billiger. In diesem Bereich sind die Tierversuche bald Geschichte.

In der sogenannten Grundlagenforschung ist es viel komplizierter. Ein Experimentator hat zum Beispiel behauptet, dass Tierversuche nötig wären, um einen Organismus zu verstehen. Frau Ehrenpreis, eine Professorin aus der Hochschulmedizin meinte jedoch, dass man erst einmal die vorhandenen Ergebnisse der unzähligen Tierversuche richtig auswerten sollte, bevor man neue Tierversuche macht. Sie sagte, dass die Informationen über den Mäuseorganismus inzwischen viele Datenbanken füllen würden und dass die Menschheit davon nicht gesünder geworden wäre. Es würde jede Menge unblutiger Methoden zur Erforschung des Menschen geben, die bis heute nicht in vollem Umfang erforscht worden sind. Ich habe mir unter anderem die Stichworte MRT und CT aufgeschrieben. Die habe ich später gegoogelt. Das sind Methoden, die zur Diagnose von Knochenbrüchen oder Hirnerkrankungen genutzt werden. Damit könnte man aber wohl noch mehr erforschen.

Frau Professor Ehrenpreis war echt klasse. Sie kommt ursprünglich aus der Tierversuchsforschung und ist vor ein paar Jahren mit einem Wissenschaftspreis ausgezeichnet worden. Doch obwohl sie es geschafft hat, bösartige Hirntumore bei transgenen Mäusen zu heilen, will sie auf diesem Gebiet nicht weiter forschen. Sie begründete das damit, dass sie nur solche Hirntumore bei den Genmäusen heilen konnte, die sie zuvor künstlich erzeugt hatte und dass von dieser Forschung niemand etwas hätte. Nicht einmal die Mäuse, denn die wären ja ohne den Tierversuch ganz gesund gewesen. Auf Menschen sei das Ergebnis nicht übertragbar. Auch sie sagte, Menschen wären nun einmal keine Siebzig-Kilo-Mäuse. Jetzt arbeitet Frau Professor Ehrenpreis in einem Forscherteam, das einen Multi-Organ-Chip entwickelt. Der sieht aus wie eine flache Plastikplatte und ist kleiner als ein Handy. Darauf befinden sich kleine Behälter, in denen sich Zellen von verschiedenen menschlichen Organen und winzige Pumpen befinden, die das Ganze über fadendünne Schläuche mit Sauerstoff und Nährlösung versorgen.

Der Chip simuliert einen winzigen menschlichen Organismus. Dieser Mensch-Chip kann natürlich nicht denken und er leidet auch nicht, aber er ist der perfekte Ersatz für viele Tierversuche, weil die Mini-Organe so interagieren wie richtige menschliche Organe. Frau Professor Ehrenpreis sagte, dass man auf die meisten Tierversuche längst verzichten könnte, wenn mehr Geld in die Erforschung der unterschiedlichen tierversuchsfreien Methoden geflossen wäre und sich mehr Wissenschaftler diesem Forschungszweig verschreiben würden.

Das sahen die Tierexperimentatoren natürlich ganz anders. Ein Professor Knatterkopf aus der Hirnforschung behauptete, dass man auf Tierversuche niemals verzichten könne, weil es nicht zulässig sei, am Menschen herumzuexperimentieren. Dabei will das gar niemand. Nach der Veranstaltung hat mir mein Betreuer erzählt, dass dieser Knatterkopf schon ewig versucht, eine schwere Hirnkrankheit, Alzheimer heißt sie, zu erforschen. Aber außer kranken Mäusen ist da bis jetzt nichts herausgekommen. In den USA haben Forscher inzwischen eine erfolgversprechende Methode zur Erforschung dieser Krankheit gefunden, bei der keine Tiere sterben müssen. Sie würden Knatterkopf ihre Ergebnisse kostenlos zur Verfügung stellen, aber der will nicht. Er experimentiert lieber weiter mit seinen Mäusen.

Übrigens haben alle Tierexperimentatoren versichert, dass sie nur ungern Tierversuche machen würden. Ganz zum Schluss hat das ein Professor Egomann von der städtischen Universität bestätigt. Der hat eine Professur für die Erforschung von Ersatzmethoden. Er hat zwar auch gesagt, dass tierversuchsfreie Methoden entwickelt werden müssen, doch gleichzeitig war er der Auffassung, dass Tierversuche weitergeführt werden müssen, weil man niemals auf sie verzichten kann."

„Zum Henker mit diesem Typen!", giftete Hanna. „Wie bitte?" Arne blickte erstaunt zu Hanna, die wütend fortfuhr: „Ich weiß Bescheid über Egomann. Ich rede nur nicht gern darüber. Egomann ist der Lebensgefährte meiner Mutter. Er ist nicht nur Professor an der Uni. Er hat Aktien und Patente auf Versuchstiere und verdient sein Geld mit Tierversuchen. Aber bitte erzähle das niemandem. Es ist mir peinlich."

„Ja klar", erwiderte Arne, „aber dafür musst du dich doch nicht schämen. Du kannst ja nichts dafür, mit wem deine Mutter zusammen ist. Aber eins verstehe ich nicht. Wie kann jemand ein Patent auf Mäuse haben?"

Jetzt wurde Minnie auf dem Schreibtisch unruhig. Sie tanzte auf der Tastatur und auf dem Bildschirm erschienen die Sätze: ‚Ich habe einen interessanten Beitrag dazu im Internet gelesen. Darin wurde beschrieben, dass die Tierversuche in der Grundlagenforschung in einem Teufelskreis stecken. Weil auf diesem Gebiet so viel geforscht wird, werden immer neue Maus-Zuchtlinien mit anderen Eigenschaften entwickelt. Die lassen sich die Erfinder dieser Mäuse patentieren. Jeder Forscher, der später diese Tiere verwenden will, muss für die Nutzung des Patents bezahlen. Um die Werbung und den Verkauf der Genmäuse kümmern sich eigens hierfür gegründete Marketingabteilungen. Bei dem Verkauf geht es zu wie im Supermarkt. Es gibt Mengenrabatte, Sonderangebote und Werbegeschenke. Solche Mäuse sind teuer, mit ihnen werden Millionen verdient.

Angefangen hat das mit der so genannten Krebsmaus. Forscher hatten ein menschliches Krebs-Gen in Mäuse übertragen und die Tiere so anfälliger für Krebserkrankungen gemacht. Um das Patentamt vom Nutzen der Krebsmäuse zu überzeugen, behaupteten die Forscher, dass man mit diesen Mäusen neue Medikamente gegen Krebs entwickeln könnte. Außerdem würde die Zahl der Versuchstiere sinken. Das Patentamt ließ sich darauf ein. Inzwischen wissen wir, dass sich die Versprechen der Wissenschaftler nicht erfüllt haben, im Gegenteil. Immer mehr Versuchstiere müssen ihr Leben in der Grundlagenforschung lassen. Trotzdem hat das Patentamt mittlerweile mehr als 1500 neue Patente auf transgene Tiere erteilt.'

„Das ist doch nicht zu fassen!", rief Arne empört. „Warum kontrolliert denn keiner, was die Forscher versprechen?" Hanna nickte langsam: „Forscher haben einen guten Ruf. Niemand traut ihnen zu, dass sie auf dem Holzweg sind. Verstehst du jetzt, warum ich mich für den Typen von meiner Mutter schäme. Egomann ist durch Tierversuche reich geworden. Das Schlimmste ist aber, dass er letztes Jahr auch noch zum Professor für Ersatzmethoden berufen wurde, um die tierversuchsfreie

Forschung voranzutreiben. Daran kann er aber gar kein ernsthaftes Interesse haben, weil er dann mit seinen Aktien und Patenten auf Versuchstiere weniger Geld verdienen würde. Er ist da völlig fehl am Platz! Wenn es mit den Ersatzmethoden vorangehen soll, muss ein Anderer diesen Job machen."

Arne und Hanna blickten sich ratlos an. Da tanzte Minnie auf der Tastatur: ‚Stimmt! Eigentlich hätte man Egomann nicht berufen dürfen! Sag mal Hanna, weißt du ob Egomann vor seiner Berufung zum Professor für Ersatzmethoden-Forschung angegeben hat, dass er mit Aktien und mit Patenten auf Versuchstiere Geld verdient?' Hanna zog die Schultern hoch: „Keine Ahnung. Aber ehrlich war der noch nie."

Minnie tanzte weiter: ‚Wenn du willst, legen wir Egomann das Handwerk. Aber überleg dir genau, ob du das wirklich willst. Der ist dann weg vom Fenster. Aber wenn wir ihn wegbekommen, ist dadurch noch nicht der Teufelskreis in der Grundlagenforschung durchbrochen.' Hannas Augen glänzten: „Minnie, du glaubst, wir bekommen es hin, dass Egomann abberufen wird?" Minnie nickte und tanzte dann auf der Tastatur. Die Kinder lasen: ‚Klar, den lassen wir auffliegen, versprochen! Aber was wollen wir tun, damit die Tierversuche aufhören?' Darauf hatte niemand eine Antwort. Nach einer Weile stellte Hanna fest: „Mir fällt heute bestimmt nichts Gescheites mehr ein. Ich habe im Tierheim beim Streichen und Zaunbauen geholfen. Es war ganz schön anstrengend, aber es hat auch Spaß gemacht. Wir können uns ja am Wochenende treffen und weiter überlegen."

Arne schüttelte den Kopf. „Das klappt nicht. Wir fahren Sonnabend zu unserer Oma nach Eschendorf. Da verbringen wir die Weihnachtsferien." „Ach so", sagte Hanna enttäuscht. „Aber wir können doch skypen!", schlug Arne vor. „Ruf mich einfach an, wenn du Zeit hast. Ich nehme meinen Laptop mit, dann können wir uns genauso unterhalten, wie hier in meinem Zimmer. Da kann ich dir auch die Schweine meiner Oma zeigen. Die sind voll cool." „Schweine? Weißt du, ich finde Schweine eigentlich nicht so toll", erwiderte Hanna. Arne widersprach ihr: „Doch, diese Schweine wirst du mögen. Das eine Schwein hat sich verletzt, als es vom Tiertransporter abgehauen ist. Später ist es dann bei meiner Oma gelandet. Sie hat es gesund gepflegt. Das andere ist ein Wildschwein. Die Schweine leben bei Oma auf dem Hof. Die sind da aber nicht eingesperrt. Manchmal gehen sie sogar in den Wald." „Wirklich? Das ist ja cool!", staunte Hanna. Jetzt leuchteten ihre Augen wieder. „Also gut. Dann sehen wir uns morgen in der Schule und am Sonnabend skypen wir. Wenn was Wichtiges ist, schicke ich dir eine SMS. Tschüß Minnie!" Sie streichelte zärtlich das seidige Fell der Maus und seufzte: „Ich hätte so gern ein eigenes Haustier. Aber das erlaubt Egomann nicht." Arne tröstete sie augenzwinkernd. „Meine Mutter erlaubt das auch nicht. Aber mit Minnie hat sie kein Problem. Sie weiß nämlich nichts von ihr." Dann verabschiedeten sie sich und Hanna ging nach Hause.

Verschlossene Tore

„Arne, ich habe nichts dagegen, wenn du dich mit deiner Freundin triffst. Aber das ist kein Grund, den Müllsack stehen zu lassen. Bitte bring den Müll runter!", ermahnte ihn seine Mutter. „Hanna ist nicht meine Freundin!", protestierte Arne. „Mag sein, aber den Müll bringst du trotzdem in den Container!" Arnes Mutter ließ sich auf keine Diskussion ein. Arne seufzte und griff nach dem Müllsack. Während er die Wohnungstür öffnete, schlüpfte Minnie aus Arnes Zimmer und folgte ihm ins Treppenhaus. Als das Miauen einer Katze ins Treppenhaus drang, flüsterte Arne Minnie zu: „Lass dich nicht von dem fetten Kater erwischen!" Auf dem Hof erkannte Minnie, dass eine schlanke schwarze Katze auf der Mauer zum Nachbarhof saß. Sie hatte eine weiße Pfote. Es war Kasi, die so jämmerlich mauzte. Minnie trippelte zur Mauer und sprach die Katze an: „Was ist los, Kasi? Hat dir jemand den Räucherfisch geklaut?" Kasi glitt von der Mauer und erwiderte: „Viel schlimmer. Die Container sind verschlossen und mit einem Schloss versperrt." „Du hast dich erwischen lassen?", vermutete Minnie. „Natürlich nicht", erwiderte die Katze. „Aber als ich vorletzte Nacht zum Container kam, war dort ein Waschbär. Er hatte alles aus der Tonne gezerrt, die Verpackungen aufgerissen und den Inhalt verstreut. Es sah aus, als wäre der Container explodiert. Seit gestern sind die Tonnen verschlossen. Ausgerechnet jetzt, wo es kalt wird und es noch schwieriger ist, an Futter heranzukommen." „Du hast doch noch Leo? Der könnte dir doch was abgeben?" Traurig schüttelte Kasi den Kopf. „Leo schiebt selbst Kohldampf. Sein Frauchen hat ihn auf Diät gesetzt, weil er so fett ist." „Verstehe", sagte Minnie. „Gleich, wenn wir wieder in der Wohnung sind, werde ich Arne bitten, dir zu helfen. Wenn es klappt, bringen wir dir etwas runter."

Als Arne mit Minnie in die Wohnung zurückkehrte, erwartete ihn Laura bereits. „Arne, kannst du ein bisschen Gemüse für Omas Schweine aus dem Container mitbringen? Nur das olle Brot ist doch langweilig. Sieh mal, wie viel wir schon haben!", Laura zog Arne mit sich in ihr Zimmer. Da war kaum noch Platz, weil fünf randvolle Tragetaschen mit Brot an der Wand lehnten. „Oh!", staunte Arne. „Das reicht ja bis Ostern! Klar, ich sehe mal zu, ob ich etwas haltbares Gemüse finden kann."

Als die Kinder wieder in Arnes Zimmer waren, sprang Minnie sofort auf die Tastatur von Arnes Laptop und teilte den Kindern mit, was der Waschbär angerichtet hatte und dass die Container jetzt abgeschlossen waren. Arne ärgerte sich. „Jetzt können wir das Gemüse vergessen und die Katze findet auch nichts mehr. Das ist zu blöd! Ich sehe nachher mal im Kühlschrank nach, ob noch ein paar Reste da sind. So lange wir noch hier sind, bekommen wir Kasi schon satt, aber was ist, wenn wir übermorgen zu Oma Maja fahren? Dann ist niemand mehr da, der ihr Futter geben kann." Laura dachte praktisch. „Wir nehmen Kasi einfach zu Oma nach Eschendorf mit. Sie kann doch mit Minnie in deinem Rucksack sitzen. Arne zog die Schultern hoch: „Wir kennen die Katze doch gar nicht. Straßenkatzen lassen sich nicht anfassen und schon gar nicht in Rucksäcke setzen. Und vielleicht will sie hier auch gar nicht weg. Außerdem, was wird Oma dazu sagen?"

Minnie zog die Stirn in Falten, als sie auf der Tastatur trippelte: ‚Toll finde ich die Idee nicht, gemeinsam mit einer Katze im Rucksack zu reisen. Aber diese Kasi ist wirklich arm dran. Schlimmstenfalls droht ihr der Hungertod. Wenn es klar geht mit eurer Oma, sollten wir ihr anbieten mit uns nach Eschendorf zu kommen.

Als die Eltern im Bett waren, holte Arne etwas von den Resten des Mittagessens aus dem Kühlschrank und brachte sie zu Kasi. „Katzenfutter haben wir nicht. Vielleicht kannst du mit den Resten was anfangen?" Kasi schlang das Essen in sich hinein. Als sie das Schüsselchen leergeputzt hatte, schmiegte sie sich schnurrend an Arnes Hosenbein. Zufrieden sagte sie zu Minnie: „Danke, das war sehr gut. Ich hatte mordsmäßigen Hunger." Minnie erzählte Kasi, dass sie ihr bald kein Futter mehr bringen konnten, weil sie verreisen würden und schlug ihr vor, mit zur Oma der Kinder nach Eschendorf zu kommen." Kasi zögerte einen Moment, bevor sie erwiderte: „Also gut! Ich bin am Sonnabend startklar. Holt mich hier ab, wenn's losgeht. Aber falls dort kein Platz für mich ist, müsst ihr mich wieder mit zurück nehmen."

Ankunft bei Maja

Maja freute sich auf den Besuch ihrer Enkelkinder. Wenn die beiden kamen, war immer etwas los auf ihrem Hof. Als Laura und Arne zuletzt in den Herbstferien bei ihr gewesen waren, hatten sich die Ereignisse überschlagen. Zuerst war ihr das verletzte Hausschwein Maxi zugelaufen. Zugelaufen traf es ja eigentlich nicht richtig. Ihr Zögling Wutz, ein junges Wildschwein, hatte die fast hundert Kilogramm schwere Maxi irgendwo im Wald aufgelesen und das humpelnde Schwein zu ihr gebracht. Später hatte sich herausgestellt, dass Maxi bei einem Unfall des Tiertransporters auf dem Weg zum Schlachthof entkommen war. Maja hatte Maxi gesund gepflegt und jetzt lebte das Schwein bei ihr in der Scheune. Es bewegte sich ebenso frei wie ihr Hund. Der junge Keiler Wutz leistete Maxi Gesellschaft. Inzwischen war Maxis verletztes Bein völlig geheilt. Durch die Bewegung im Freien hatte das Schwein kräftige Muskeln entwickelt, so dass es bei Majas ausgedehnten Spaziergängen mühelos Schritt halten und sogar mit Wutz herumtoben konnte.

Im Herbst hatte Maja gemeinsam mit ihren Freunden, den Kindern und den Wildtieren die schändlichen Pläne des Landrats vereitelt. Der hatte einen Deal mit einem Schweinemäster ausgeheckt. Der Schweinebaron sollte dem Landrat eine großzügige Wahlkampfspende zukommen lassen. Im Gegenzug hatte der ihm die Baugenehmigung für eine große Schweinemastanlage in Eschendorf versprochen. Aber daraus war nichts geworden, denn sie hatten dem Schweinebaron und dem Landrat ordentlich Dampf gemacht. Die bedrohlichen Pläne waren vom Tisch.

Maja hatte längst die Vorbereitungen für das Weihnachtsfest erledigt. Als der Besuch endlich eintraf, sprang Laura aus dem Auto und umarmte sie stürmisch. „Oma, Oma, wie geht es Maxi?" Maja knuddelte das Mädchen und erwiderte: „Prächtig! Sieh selbst! Maxi und Wutz sind in der Scheune!" Nachdem Arne seine Oma begrüßt hatte, holte er seinen Rucksack und zwei der großen Tragetaschen aus dem Auto und rief: „Sieh mal Oma, wie viel Brot wir gesammelt haben! Ich bringe das alte Brot gleich in die Scheune", und folgte eilig seiner Schwester.

In der Scheune schlang Laura ihre Ärmchen um Maxi. „Du bist ja groß geworden und du duftest nach frischer Wäsche!", stellte sie fest. Als Arne seine Beutel abgestellt hatte, korrigierte er seine Schwester: „So groß war Maxi schon im Herbst, aber sie ist ganz schön dick geworden. Oma füttert dich gut, was?" Er tätschelte Maxi und den jungen Keiler Wutz, der neben Maxi stand. „Stimmt Laura, das Schwein duftet nach frischer Wäsche. Aber das ist nicht Maxi sondern ihr Pullover. Ich nehme an, Oma hat ihn gerade gewaschen." Dann merkte Arne, dass es in seinem Rucksack rumorte. Rasch öffnete er ihn und mit einem Satz sprang Kasi heraus. Sie schüttelte sich und verzog sich auf den Hängeboden. Aus sicherer Höhe verfolgte sie das weitere Geschehen. Dann kletterte auch Minnie aus dem Rucksack und erklomm Arnes Hosenbein, um gleich darauf unter seiner Jacke zu verschwinden. Anschließend machte sie es sich in Arnes Innentasche bequem. „Da staunt ihr, was?", sagte Arne lachend und gab jedem der Schweine, denen er die Verwunderung an der Rüsselspitze ansehen konnte, ein Rosinenbrot. „Oma weiß noch nichts von ihrem Glück, aber wir denken, dass sie ein Plätzchen für Kasi hat. Bis dahin kann Kasi erst einmal bei euch in der Scheune bleiben. Seid nett zu ihr! Minnie-Maus kommt mit uns."

Nachdem Arne auch die anderen großen Taschen mit dem Brot in die Scheune geholt hatte und die Kinder ausgiebig die Schweine gestreichelt hatten, schaltete Arne seinen Computer an. Dann griff er zum Handy und rief Hanna an. Als sie sich meldete, sagte er: „Wir sind jetzt bei unserer Oma. Wenn du Zeit hast, stell mal deinen Computer an. Auf Skype kannst du dir Omas Schweine ansehen." Kurze Zeit darauf tauchte auf Arnes Bildschirm das Gesicht von Hanna auf, zuerst erstaunt, dann lachend. „Das Schwein sieht ja putzig aus mit seinem Ringelpullover. Dass eure Oma so etwas mitmacht, ist klasse. Ich habe ein paar Sachen über Egomann herausbekommen." „Hanna, lass uns später ausführlich darüber reden. Wir müssen erst einmal unsere Oma schonend darauf vorbereiten, dass wir zwei Überraschungsgäste mitgebracht haben", erwiderte Arne. „Mach dir mal keine Sorgen deshalb, wenn eure Oma die beiden Schweine durchfüttert, wird sie wegen der Katze und der Maus bestimmt keinen Stress machen!" „Nein, das nicht. Aber sie weiß ja noch nicht einmal, dass sie jetzt eine Katze hat und dass wir mit einer Maus angereist sind. Außerdem kann es nichts schaden, wenn wir Oma hinsichtlich der Tierversuche auf den neuesten Stand bringen. Manchmal hat sie ganz gute Ideen." „Ok, dann lass uns morgen Vormittag reden. Passt es bei dir um elf?" Arne nickte: „Dann bis morgen, mach's gut!" Er schaltete den Computer aus und ging mit Laura ins Haus.

Der Nachmittag verging wie im Fluge. Am Abend verabschiedeten sich die Eltern. Sie hatten erst zu Weihnachten Urlaub. Dann wollten sie wiederkommen und die Feiertage gemeinsam mit Maja und den Kindern in Eschendorf verbringen. Arne und Laura durften die ganzen Ferien bis nach Silvester bei der Oma bleiben.

Als die Kinder mit ihrer Oma allein waren, ließen sie die Katze aus dem Sack, beziehungsweise Minnie aus Arnes Jacke. Maja lachte: „Ich habe doch geahnt, dass es wieder Überraschungen gibt, wenn ihr da seid. Wo habt ihr denn dieses possierliche Tierchen aufgelesen und was ist das überhaupt?" Arne erzählte Maja, wie sie Minnie gefunden hatten und welche besondere Bewandtnis es mit der Labormaus hatte. „Ihr sollt eine alte Frau nicht veräppeln. Mir ist klar, dass sich Tiere mit Menschen verständigen können. Aber dass eure Maus im Internet surft, nehme ich euch nicht ab."

Arne grinste, holte seinen Laptop aus dem Rucksack und setzte Minnie auf den Tisch. Minnie schritt sofort zur Tat und tanzte auf der Tastatur: ‚Guten Abend, Oma Maja, Danke für die Gastfreundschaft!' Maja riss die Augen auf. „Nee, das ist jetzt nicht wahr! Das ist doch ein Trick, ein Plüschtier mit einem kleinen Computer drin, stimmt's? Darf ich die Maus anfassen?" Umgehend tanzte Minnie: ‚Ich bin aus Fleisch und Blut wie du und natürlich darfst du mich anfassen. Ich liebe es, wenn ich gestreichelt werde.'

Maja streckte die Hand aus und berührte Minnie vorsichtig. Minnie streckte sich genüsslich und rollte sich dann auf den Rücken, um sich den Bauch kraulen zu lassen. Maja konnte durch Minnies Fell spüren, wie das kleine Mäuseherz schlug. Sie schluckte: „Das ist ja ein richtiges Wunder. Arne, wenn es stimmt, was du erzählst, gibt es wohl Einiges für uns zu tun." „Ich muss dir noch etwas beichten", druckste Arne.

„Noch eine Maus?", erkundigte sich Maja belustigt. Arne schüttelte den Kopf: „Eine Katze, warte mal einen Moment." Arne nahm Minnie und lief hinaus zur Scheune. Minnie rief Kasi, die noch immer auf dem Hängeboden saß und bat sie, ins Haus zu kommen. Die Katze unterdrückte ihr Misstrauen und folgte den beiden. Arne stellte die Katze vor: „Das ist Kasi." Sie lebt in der Stadt und hat niemanden, der sie füttert." Maja staunte nicht schlecht, als sie Kasi erblickte. „Ihr macht ja Sachen! Die arme Katze ist ja klapperdürr! Bestimmt hat sie Hunger!" Maja lockte: „Komm her, Kasi!", und stellte ihr ein kleines Schüsselchen mit Hundefutter auf den Boden." Majas Hund, dem alten Hugo, war anzusehen, dass er das gar nicht gut fand. Aber da Hugo friedfertig war, ließ er die Katze in Ruhe fressen. Die Katze schlang das Futter sekundenschnell hinunter. Als der Napf leer war, lockte Maja: „Komm her, Kasi, komm!" Aber Kasi kam nicht, sondern verzog sich unter das Sofa. „Soll ich sie hervorholen", bot sich Laura an. „Nein, lass mal", erwiderte Maja. „Straßenkatzen sind scheu. Sie haben schlechte Erfahrungen mit Menschen. Am besten, wir lassen Kasi in Ruhe. Mit der Zeit wird sie schon Vertrauen zu uns fassen. Natürlich kann das Kätzchen hierbleiben."

Laura umarmte ihre Oma und gab ihr einen Kuss. Arne sagte: „Danke Oma! Wir würden Kasi auch gern aufnehmen, aber du weißt ja, Mutter hat leider nichts für Tiere übrig. Wir müssen sogar Minnie vor ihr verstecken. Neulich wären wir fast aufgeflogen." „Ja, ich weiß, Arne", aber deine Mutter wird sich wohl nicht mehr ändern", stellte Maja bedauernd fest.

Als Maja Laura ins Bett gebracht hatte, berichtete Arne von seinem Praktikum und von den Tierversuchen, die sie mit der Drohne gefilmt hatten und er erzählte von Hanna. Maja seufzte: „Irgendetwas sollten wir tun. Aber ich habe keine Ahnung was. Lasst uns morgen darüber reden. Ihr seid ja noch eine Weile da."

Lichtblick an einem trüben Wintertag

Maja und Laura waren schon früh auf und kümmerten sich um die Tiere. Später machte sich Laura bei der Vorbereitung des Frühstücks nützlich. Als Arne endlich aufstand, knurrte Lauras Magen hörbar. „Endlich, du Schlafmütze! Ich bin am Verhungern", stöhnte sie. „Übertreib mal nicht! Es gibt einen guten Grund, dass ich verpennt habe", erwiderte Arne, während er mit großem Appetit in ein Brötchen biss. „Na da bin ich aber neugierig", staunte Maja. „Wirklich!", erwiderte Arne. „Ich habe mich gestern Abend noch lange mit Minnie unterhalten. Sie hat sich über Maxis Pullover gewundert. Ich habe ihr erklärt, dass Maxi draußen friert, weil Hausschweinen das Fell weggezüchtet wurde. Da hatte Minnie eine Idee. Sie hat lange im Max-Moritz-Institut gelebt und dort im Internet alles Mögliche über Tierversuche gelesen. Dabei ist sie auf einen Versuch gestoßen, bei dem ein Haarwuchsmittel erprobt wurde. Die Mäuse bekamen nach der Anwendung des Wirkstoffs langes, seidiges Fell. Man testete den Wirkstoff auch bei anderen Tieren, unter anderem an Schweinen und - Bingo! - auch da hat es gewirkt!" „Nee, sag bloß, den Schweinen ist Fell gewachsen?", wollte Maja wissen. „Aber warum hat man nie etwas von diesem Wirkstoff gehört? Kein Mann würde doch mit einer Glatze herumlaufen, wenn es ein Mittel dagegen gäbe." Arne klärte seine Oma auf: „Bei Menschen hat der Wirkstoff leider überhaupt nicht funktioniert. Die Forscher haben eine klinische Studie mit kahlköpfigen Männern durchgeführt. Denen sind massenhaft Brusthaare gewachsen, aber auf den Glatzen passierte gar nichts. Und dann hatte das Mittel böse Nebenwirkungen. Die Männer bekamen Ausschlag auf dem Kopf und entzündete Augen. Sie konnten wochenlang nicht richtig sehen. Minnie sagte auch, dass die allermeisten im Tierversuch erfolgreich getesteten Medikamente beim Menschen nicht funktionieren. Das wusste ich aber schon. Frau Professor Ehrenpreis hat mir das schon in meinem Praktikum am Beispiel der Krebsmäuse erklärt." „Hat Minnie dir auch gesagt, was für ein Wirkstoff die Schweinehaare zum Wachsen gebracht hat?", erkundigte sich Maja. Arne nickte, zog einen Zettel aus der Hosentasche und reichte ihn über den Tisch. „Hier, ich habe es aufgeschrieben." Maja überlegte. „Was haltet ihr davon, wenn wir am Montag die Katze impfen lassen und dabei gleich unsere Tierärztin bitten, dass sie uns das Präparat verschreibt. Es wäre doch toll, wenn das mit dem Haarwuchsmittel klappen würde. Sag mal Arne, hast du eigentlich Minnie schon gefüttert?" „Klar, Minnie frisst den ganzen Tag über irgend etwas. Heute früh hat sie sich über mein Studentenfutter hergemacht. Das mag sie sehr gerne." Als der Tisch abgeräumt und das Geschirr weggeräumt war, regnete es noch immer in Strömen. Maja ließ daher ihren täglichen Waldspaziergang mit den Schweinen ausfallen. Laura hatte Lust zum Basteln und so holte Maja eine Kiste mit Kastanien, Eicheln und anderen Naturmaterialien, Streichhölzern, Kleber und etwas Werkzeug herbei. Dann zeigte sie Laura, wie man Löcher in die Eicheln und Kastanien bohren und sie miteinander verbinden konnte, so dass Figuren entstanden. Laura war begeistert und legte mit Feuereifer los.

Maja setzte sich in ihren Lieblingssessel und rief ihre Freundin Ines an. Ines wusste fast immer Rat. Sie war die Vorsitzende eines großen Tierschutzvereins und eine engagierte Tierschützerin. Sie hatte Maja im Herbst dabei unterstützt, die Pläne des geldgierigen Schweinemästers zu vereiteln, der in Eschendorf eine Massentierhaltungsanlage für Schweine bauen wollte. Ines freute sich, als Maja anrief. Regen und Wind hatten auch ihren Plänen einen Strich durch die Rechnung gemacht, so dass sie Zeit für einen ausführlichen Plausch mit der alten Freundin hatte.

Bald hatte Laura eine ganze Herde von Kastanien- und Eicheltieren gebaut und dekorierte die Küche mit ihren Kunstwerken. Zu Mittag stellte Maja Spinatauflauf in die Tischmitte und füllte jedem eine Portion davon auf. Zum Nachtisch gab es Obstsalat mit Nüssen. Sie ließen es sich schmecken und kurze Zeit später war nur noch Lauras Dekoration übrig.

Nach dem Mittagessen führten Arne und Maja ihre Diskussion über Tierversuche fort. Maja berichtete von ihrem Gespräch mit Ines. Auch sie war der Auffassung, dass Tierversuche sehr unzuverlässig waren. Sie hatte Maja erklärt, dass nur fünf von hundert am Tier erfolgreich getesteten Wirkstoffen beim Menschen funktionieren würden. Noch schlimmer fand sie, dass im Tierversuch Wirkstoffe durchfielen, die Menschen heilen konnten. Ines hatte erklärt, dass es lebensrettende Medikamente wie Aspirin heute nicht geben würde, wenn sie im Tierversuch erprobt worden wären. „Wir hätten dieses Basismedikament gegen Herz- und Gefäßerkrankungen nicht", gab Maja wieder, was sie von Ines gehört hatte und fuhr fort: „Andererseits vertragen wir Menschen viele Dinge, von denen Tiere krank werden. Das beste Beispiel ist Bitterschokolade. Eigentlich weiß ich das schon lange. Ich esse Bitterschokolade sehr gern und vertrage sie gut. Selbst wenn mich der Heißhunger packt und ich eine ganze Tafel auf einmal verputze, passiert mir nichts. Aber Hugo würde das gar nicht bekommen. Er könnte sogar sterben. Für Hunde ist Bitterschokolade giftig. Mir war bislang nicht bewusst, dass das bei vielen Wirkstoffen so ist. Wir vertragen sie, während andere Lebewesen davon krank werden. Deshalb, meinte Ines, könne auch niemand wissen, ob vielleicht für uns Menschen wirkungsvolle Medikamente gegen Krebs und andere gefährliche Krankheiten bereits im Tierversuch erprobt worden aber durchgefallen sind. Wenn ein Wirkstoff im Tierversuch scheitert, kommt er beim Menschen gar nicht erst zum Einsatz. So gesehen, könnten es an der Forschung am Tier liegen, dass lebensrettende Medikamente gegen Krebs und andere Krankheiten noch nicht gefunden werden konnten. Das Tier ist eben die falsche Testmethode. Ines ist außerdem der Auffassung, dass es die zahllosen Tierversuche in der Grundlagenforschung nicht etwa gibt, weil die Ergebnisse überzeugend sind, sondern weil es so einfach ist, mit Tierversuchen Karriere zu machen und Geld zu verdienen. Letztlich würde nicht das Forschungsergebnis zählen, sondern das, was ein Forscher in den einschlägigen Fachzeitschriften veröffentlicht."

Arne hatte aufmerksam zugehört. „Das deckt sich mit dem, was ich in meinem Praktikum gelernt habe. Die Forscher haben es sich bequem gemacht. Sie forschen an immer neuen Varianten gentechnisch veränderter Mäuse. Es ist leicht, das Geld für solche Forschungsprojekte zu bekommen. Wenn es gut geht, gelingt es den Forschern, die transgenen Mäuse, die sie zuvor krank gemacht haben, wieder zu heilen, so wie die Krebsmaus. Das veröffentlichen sie in Fachzeitschriften und dafür zeichnen sie sich dann gegenseitig aus. Wenn du dich ein paar Jahre später erkundigst, was aus ihren Forschungsprojekten geworden ist, müssen sie zugeben, dass es beim Menschen nicht funktioniert. Frau Professor Hilfsberg, das ist die Mutter von einem Mädchen aus meiner Klasse, hat diese Tierversuchsforschung mit der Suche einer

Nadel im Heuhaufen verglichen. Wenn du ganz unverschämtes Glück hast, findest du auch mal eine. Aber welcher vernünftige Mensch würde eine Nadel im Heuhaufen suchen. Es ist doch viel klüger, eine Nadel im Nähkasten zu suchen! Frau Hilfsberg sagt, dass sich das System Tierversuche auf diese Weise selbst erhält und dass das nur beendet werden kann, wenn der Geldhahn für die Tierversuche zugedreht wird und das Geld in die Erforschung von tierversuchsfreien Testmethoden fließt. Inzwischen gibt es ja glücklicherweise ein paar Erfolge auf diesem Gebiet. Hochkarätige Forscher haben einen Multi-Organ-Chip entwickelt." Als Arne seiner Oma das Prinzip des menschlichen Chips erklärt hatte, erzählte er von einem Zeitungsartikel, den Hanna ihm geschickt hatte. Darin wurde von einer Studie berichtet, nach der viele Forscher schummeln. Sie manipulieren ihre Forschungsergebnisse, weil sie sich ein anderes Ergebnis wünschen. „Das sind keine Wissenschaftler! Das sind Scharlatane!", regte er sich auf und fuhr fort mit dem, was Hanna ihm anvertraut hatte: „Hanna ist Mitglied eines Computer-Clubs. Die Leute da machen manchmal Dinge, die nicht ganz legal sind. Hanna hatte ihre Computer-Freunde gebeten, Professor Egomann zu durchleuchten. Das ist der Lebensgefährte von Hannas Mutter. Egomann ist stinkreich. Er ist vor einem Jahr irgendwie an die Professur zur Erforschung von Ersatzmethoden gekommen. Hanna hatte den Verdacht, dass er sein Geld mit der Zucht gentechnisch veränderter Mäuse verdient. Die Recherchen der Computer-Leute haben Hannas Verdacht bestätigt. Leute wie Egomann sind am Fortbestehen der Tierversuche interessiert. Hanna will, dass Egomann seinen Sessel räumt und ich sehe das genauso."

Jetzt tänzelte Minnie unruhig auf dem Tisch herum. „Willst du uns etwas sagen?", erkundigte sich Arne und klappte den Laptop auf. Minnie tanzte: ‚Was haltet ihr davon, wenn wir ein paar Beiträge veröffentlichen, mit denen wir die Geldgeber zum Nachdenken und die Tierexperimentatoren in die Klemme bringen?'

Arne fragte: „Wie willst du das denn machen? Wenn wir etwas veröffentlichen, interessiert das doch keinen." Minnie tanzte: ‚Ich will den Beitrag ja nur schreiben. Veröffentlicht wird er dann von ganz oben, am besten direkt durch das Ministerium. Hanna hat doch einen Draht zu

Hackern. Die bekommen das hin.' Arne kratzte sich am Kopf und grinste. „Ganz legal ist das wohl nicht, was? Ich rede mal mit Hanna. Aber nehmen wir mal an, es klappt. Was genau willst du veröffentlichen?" Minnie schlug vor: ‚Wir machen an ein paar Beispielen deutlich, dass Tierversuche wenig bringen und dass viele Tierexperimentatoren ihre Studien manipulieren. Wir behaupten, die Regierung hätte beschlossen, die staatlichen Fördergelder künftig für die Erforschung von tierversuchsfreien Testmethoden zu verwenden. Das müsste über die Nachrichtensender laufen, und zwar zur besten Sendezeit!' Arne ergänzte: „Außerdem machen wir für die Forscher Reklame, die den Mensch-Chip entwickelt haben." Maja nickte, aber Laura war noch nicht zufrieden: „Und was machen wir, damit dieser Egomann aufhört?" Maja schmunzelte: „Die Hochschule müsste erfahren, dass Egomann sein Geld mit der Zucht und dem Verkauf von Genmäusen verdient. Dann wäre er den Job los." Eine Weile überlegten und diskutierten sie noch darüber, in welchen Zeitungen der Beitrag veröffentlicht werden sollte. Als sie das geklärt hatten, bot sich Minnie an, die Entwürfe zu verfassen, die sie am nächsten Tag gemeinsam überarbeiten konnten.

Arne erkundigte sich bei Hanna, ob ihr Computer-Club in der Lage war, die Beiträge von Minnie in den einschlägigen Fachzeitschriften und Nachrichtensendern zu veröffentlichen. Hanna versprach, sich zu erkundigen und schon nach einer halben Stunde schickte sie eine SMS in der stand: ‚Kein Problem. Geht klar, die machen das! ;-)'

„Was sind das für komische Satzzeichen?", fragte Maja, als Arne ihr die SMS auf seinem Handy zeigte. „Aber Oma, das weiß sogar ich! Das ist ein lachendes Gesicht mit einem zwinkernden Auge!", klärte Laura ihre Großmutter auf. Die seufzte: „Ah ja, ich schätze, ich muss noch eine ganze Menge lernen."

Inzwischen hatte der Regen aufgehört und Maja holte ihren Waldspaziergang nach. Wutz, Maxi, Laura und Arne begleiteten sie. Kasi verließ zwar das Haus, ging aber nicht mit in den Wald. Minnie blieb zu Hause und tanzte konzentriert auf der Tastatur von Arnes Laptop herum. Sie bereitete die Textentwürfe vor. Als sie damit fertig war, suchte sie die Informationen über den Tierversuch für das Haarwuchsmittel heraus und speicherte ihn auf Arnes Laptop.

Katze und Piepmatz

Als die Menschen und die Schweine den Hof verlassen hatten, sah sich Kasi in aller Ruhe um. Sie untersuchte die Scheune und den Garten und lief dann ein Stück in Richtung Wald. Hier war es vollkommen ruhig, ganz anders als in der Stadt. Es stank auch nicht nach Abgasen. Als sich ein kleiner Vogel auf den Zweig vor ihr setzte, spannten sich

ihre Muskeln und sie setzte zum Sprung an. In der Stadt hatte sie jede sich bietende Gelegenheit nutzen müssen, sich Futter zu verschaffen und so war ihr die Jagd auf Vögel in Fleisch und Blut übergegangen. Deshalb war sie völlig irritiert, als eine Stimme zu ihr sprach: „Halt den Ball flach, Stubentiger und versuch's gar nicht erst. Du kriegst mich sowieso nicht und außerdem wird hier nicht gejagt. Übrigens, ich heiße Schnabelweis und ich bin eine kleine Eule, also ein Raubvogel. Und mit Raubtieren solltest du dich nie anlegen, zumal ich dir in vielerlei Hinsicht nützlich sein kann."

Kasi spähte vorsichtig in alle Richtungen, um zu erkunden, ob die Stimme tatsächlich zu dem winzigen Piepmatz gehörte, der da vor ihr hockte. Außer dem Vogel schien niemand da zu sein und so fauchte sie ihn an: „Bist du lebensmüde, Winzling? Sieh dir meine messerscharfen Krallen an und meine Reißzähne! Ich bin eine Straßenkatze und ich bin es gewöhnt, solche wie dich zu jagen, damit ich etwas in den Magen bekomme und überleben kann." Schnabelweis schüttelte den Kopf: „Bei Oma Wunderlich bekommst du genug zu fressen. Auf diesem Hof herrscht Burgfrieden. Kein Tier darf einem anderen etwas antun. Das ist hier Gesetz und es gilt bis zum Ende der Wiese, wo der Wald beginnt." Kasi machte große Augen. „Komische Sitten sind das! Aber wahrscheinlich ist etwas dran an dem, was du sagst. Ich hatte noch nie so gut und so viel zu fressen, wie in den letzten vierundzwanzig Stunden. Vielleicht bleibe ich sogar für immer hier. Gibt es noch andere Spielregeln, die ich hier beachten muss? Und wer ist überhaupt Oma Wunderlich?" Schnabelweis kicherte: „Du bist gerade aus ihrem Haus gekommen. Ich glaube, die Menschen nennen sie Maja. Aber bei uns Waldtieren heißt sie Oma Wunderlich, weil sie ganz anders ist als die anderen Zweibeiner. Sie hat schon einigen von uns geholfen und sie tut keinem Tier etwas. Im Gegensatz zu uns beiden steht bei ihr nicht einmal Fleisch auf der Speisekarte. Die wichtigste Spielregel für Hunde und Katzen ist hier, sich nicht vom Jäger im Wald erwischen zu lassen. Also gib gut acht, wenn du in den Wald gehst. Für den Anfang würde ich an deiner Stelle Oma Wunderlich bei ihren Spaziergängen begleiten und dabei die Umgebung erkunden. Aber sag mir, was treibt dich aus deiner Heimat zu uns nach Eschendorf?"

Da erzählte Kasi dem kleinen Vogel Schnabelweis vom Stadtleben, wo Hunger und Gefahren an der Tagesordnung waren. Sie berichtete ihm auch, was sie von dem Gespräch der Menschen über Tierversuche aufgeschnappt hatte. Als Kasi geendet hatte, stellte Schnabelweis angewidert fest: „Es ist immer dasselbe. Die Menschen bringen nur Unheil über uns Tiere. Glücklicherweise gibt es ein paar Ausnahmen. Oma Wunderlich, die Kinder und ihre Freunde sind wirklich gute Menschen."

Der Plan

Am nächsten Morgen rief Maja die Tierärztin, Frau Doktor Döring, an. Sie erzählte von der Straßenkatze, die ihre Enkelkinder mitgebracht hatten und dass sie die Katze impfen lassen wollte. Die Tierärztin schlug vor, so bald wie möglich in ihre Sprechstunde zu kommen. „Und dann brauche ich noch ein Rezept", bat Maja und nannte der Tierärztin die Wirkstoffe für das Haarwuchsmittel, die Arne ihr aufgeschrieben hatte. Frau Döring war skeptisch: „Komisch, von so einem Präparat habe ich noch nie gehört. Einer der Wirkstoffe kommt in der Petersilie vor. Wozu soll das denn gut sein?" „Ich hoffe, dass meinem Schwein davon ein Fell wächst", erwiderte Maja. Mit den Worten: „Ein Fell? Na gut, wir reden nachher in der Sprechstunde darüber. Bis später!", beendete die Tierärztin leicht irritiert das Gespräch. Maja wandte sich an die Kinder. „Lasst uns aufbrechen. Arne, bitte sei so gut und nimm deinen Laptop mit. Vielleicht brauchen wir die Studie über das Haarwuchsmittel, um die Tierärztin davon zu überzeugen, dass es tatsächlich erfolgreiche Versuche mit diesem Präparat gegeben hat. Ich befürchte, sie hat mir nicht so recht geglaubt."

Arne packte den Laptop in seinen Rucksack und rief Kasi. Diesmal musste sie sich nicht neben die Maus in den Rucksack zwängen, sondern bekam eine geräumige Transportbox, die Maja vom Hängeboden in der Scheune geholt hatte. Dann fuhr Maja mit Kasi und den Kindern zur Tierärztin.

Minnie hatte die Katze auf die Impfung vorbereitet und ihr genau erklärt, was auf sie zukommen würde und warum das Impfen nötig war. Deshalb ließ Kasi widerstandslos die Spritze über sich ergehen. Die Ärztin bestätigte der Katze eine robuste Gesundheit. Sie stellte aber fest, dass Kasi Ohr-Milben hatte und deshalb behandelt werden musste. „Nichts Schlimmes", sagte Frau Dr. Döring, „aber wenn die Milben nicht bekämpft werden, können sich die Ohren entzünden." Sie verschrieb der Katze eine Tinktur, mit der Maja die Ohren regelmäßig säubern sollte. Dann empfahl sie: „Wenn das eine Katze mit Freigang ist, sollte sie kastriert werden." „Ich dachte, dass wir ihr das ersparen können. Sie soll ja nicht wieder zurück in die Stadt und mein Hof ist mehr als einen Kilometer vom Dorf entfernt. Da ist weit und breit kein Kater in der Nähe", erwiderte Maja. Die Tierärztin sagte belustigt: „Das wird sich aber ganz schnell ändern, wenn Kasi rollig ist. Dann werden die Kater bei euch am Hoftor Schlange stehen. Wer nicht zweimal im Jahr Katzen-Nachwuchs haben will, muss seine Katze kastrieren lassen." In manchen Städten fangen Tierschützer die Straßenkatzen ein, lassen sie kastrieren und setzen sie wieder aus. Damit verhindern sie, dass sich die Katzen vermehren. Aber eure Katze ist nicht kastriert." Das überzeugte Maja und sie versprach, die Katze demnächst kastrieren zu lassen.

Dann bat Maja Arne um den Laptop. „Mein Enkel hat einen wissenschaftlichen Beitrag zu diesem Haarwuchsmittel gespeichert. Hier stehen die Namen und das Mischungsverhältnis der Wirkstoffe. Vielleicht funktioniert das Mittel bei Maxi und sie muss nicht mehr frieren. Wenn nicht, dann haben wir es wenigstens versucht." Die Tierärztin überflog den Beitrag und witzelte: „Na gut, probieren wir es aus! Und nächstes Mal bringt ihr mir ein Foto von eurem Mähnenschwein mit", und stellte das Rezept aus.

Gleich nach dem Arztbesuch besorgten sie die Tinktur gegen die Ohr-Milben und das Haarwuchsmittel. Die Apothekerin bereitete das Medikament entsprechend der Rezeptur zu und Maja konnte es gleich mitnehmen. „Einmal am Tag ein Tropfen pro fünf Kilogramm Körpergewicht", erklärte die Apothekerin die Dosierung des Medikaments.

Maja erledigte noch ein paar Besorgungen und kaufte Katzenfutter. Dann ging es zurück zum Hof. Als Arne die Transportbox geöffnet hatte, verzog sich Kasi umgehend hinter das Sofa. Arne holte ein Stück Brot. „Wie schwer ist Maxi?", fragte er seine Großmutter. Maja zog die Stirn in Falten: „Keine Ahnung. Ich habe das Gefühl, sie wird immer dicker, vielleicht so um die 100 kg." „Gut, das wären dann 20 Tropfen", sagte Arne und zählte 20 Tropfen ab, die er auf das Brot fallen ließ. Dann lief er in die Scheune und verabreichte Maxi die Brotscheibe mit der Medizin.

Am Nachmittag lasen Maja und Arne die Textentwürfe durch, die Minnie vorbereitet hatte. „An dir ist eine Journalistin verloren gegangen, Minnie!", lobte Maja und streichelte die Maus bewundernd. „Und eine Kriminalautorin!", rief Arne aus, nachdem er den Text laut vorgelesen hatte, in dem Minnie Egomanns Verstrickungen beschrieben hatte. Wenn das in der Hochschule bekannt wird, können sie Egomann als Professor nicht halten. Vielleicht hat dann Frau Professor Ehrenpreis eine Chance auf die Professur für Ersatzmethoden. Sie wäre genau die Richtige. Sie ist klug und hat ein Herz für Tiere."

Als Maja den zweiten Artikel gelesen hatten, kamen ihr Zweifel. Minnie hatte so getan, als sei der Beitrag von Professor Dr. Dr. Suam aus dem Bundesministerium für Forschung verfasst worden. In dem Text stand, dass die Bundesregierung ein Förderprogramm in Höhe von 200 Millionen Euro für die Erforschung von tierversuchsfreien Testmethoden auflegen würde. Der Minister für Forschung wurde mehrfach zitiert. Er bezeichnete die Entwicklung dieser neuen Methoden als Meilenstein für die Wissenschaft und als Chance für das Wirtschaftswachstum und den internationalen Wettbewerb. Außerdem lobte der Minister den Multi-Organ-Chip in den höchsten Tönen und stellte ihn als zukunftsweisendes Forschungsprojekt heraus. Der Artikel schloss mit dem Verweis auf eine Studie von der Universitätsmedizin, die ans Licht gebracht hatte, dass mehr als die Hälfte der Tierversuchsergebnisse manipuliert worden waren. Die Forscher hatten die Auswirkungen ihrer Experimente einfach unterschlagen, wenn sie ihnen nicht in den Kram passten. Auch das sei ein Grund, die Förderpolitik neu auszurichten. Minnie hatte einen überaus kritischen Beitrag über die Forschung am Tier verfasst.

Maja war skeptisch: „Der Artikel ist klasse, aber der Schwindel fliegt doch sofort auf, wenn jemand den Minister oder den Professor Suam fragt. Wer ist überhaupt dieser Professor Suam, kennst du den?" Minnie verzog das Schnäuzchen und tanzte auf der Tastatur: ‚Lies mal Suam rückwärts.' Maja stutzte einen Moment, dann prustete sie los und Arne tat es ihr gleich. „Maus, Professor Dr. Dr. Maus. Minnie das ist genial! Aber was tun wir, damit der Schwindel nicht auffliegt?"

Minnie tippte: ‚Ines und Hanna müssen uns helfen. Kurz bevor der Artikel erscheint, müssen im Forschungs-Ministerium Unmengen Protestschreiben gegen die Tierversuchsforschung eingehen. Am besten so viele, dass die elektronischen Postfächer blockiert werden. Dann sind die Behörden nicht mehr arbeitsfähig und sie sind gezwungen, sich mit dem Thema Tierversuche auseinanderzusetzen. Wenn dann unser Artikel erscheint, ist er quasi die Lösung für das Problem. Mit etwas Glück werden der Minister und seine Verwaltungsbeamten erkennen, dass sie mit einer Umstellung der Förderung dem Protest die Grundlage entziehen können. Dann machen sie sich den Inhalt des Artikels zueigen und setzen notgedrungen andere Förderschwerpunkte.' „Aber was, wenn jemand nach Professor Suam fragt? Den gibt's doch gar nicht!", wandte Arne ein. ,Da werden sie sich sicher etwas einfallen lassen. Er ist im Urlaub oder so. Glaubt mir, so kann es funktionieren. Allerdings brauchen wir die Hilfe der Tierschützer und von Hannas Computer-Club.' Arne nickte. „Verstehe. Wir werden es versuchen. Eine bessere Idee haben wir nicht. Bestimmt hilft uns Hanna." „Und Ines auch", ergänzte Maja.

Am Nachmittag schickte Arne den Beitrag, den Minnie für die Presse geschrieben hatte, zu Hanna und erklärte ihr den Plan. Hanna war Feuer und Flamme. Sie versprach Arne, sich mit ihren Computer-Freunden auszutauschen. Die Hacker würden schon einen Weg finden, den Plan umzusetzen.

Maja ging beschwingt zum Telefon. Das war wirklich ein guter Grund, ihre viel beschäftigte Freundin zu stören. Als Maja Ines in den Plan eingeweiht hatte, versprach die, sich zu kümmern.

Startschuss

Am folgenden Morgen entdeckte Arne auf seinem Handy eine SMS von Hanna. Sie hatte bereits in der Nacht geschrieben und ihn gebeten, so schnell wie möglich zurückzurufen. Als Arne sie anrief, erklärte sie: „Die Computer-Leute machen mit. Aber sie sagen, die Aktion muss sofort gestartet werden, damit das Forschungs-Ministerium noch vor Weihnachten mit Protest-Emails bombardiert wird. Auch die Zeitungsartikel müssen noch vor den Feiertagen erscheinen. Das richtige Timing ist mega-wichtig. Die Arbeitsabläufe im Ministerium werden durch die vielen Emails empfindlich gestört. In der Weihnachtszeit haben etliche Beamte und Forscher Zeit, den Artikel zu lesen und darüber nachzudenken. Falls jemand bemerken sollte, dass etwas an dem Beitrag nicht stimmt, kann er nicht nachfragen, weil alle frei haben. Und die Erfolge der Forscher mit dem Mikrochip sind ja wirklich sehr überzeugend. Tierversuche werden doch nur deshalb akzeptiert, weil die Leute glauben, dass man sie braucht, um Krankheiten zu heilen. Wenn sich die Erkenntnis durchsetzt, dass es bessere Möglichkeiten zur Erforschung von Medikamenten geben würde, wenn statt an Tieren an neuen Testmethoden geforscht wird, steigt der Widerstand gegen Tierversuche. Das weiß auch der Minister. Wenn er die Forschungsförderung neu ausrichtet, gilt er als modern und fortschrittsfreundlich und man nimmt ihm ab, dass er ein Herz für Tiere hat. Außerdem wird er hoffen, dass das Chaos mit den Protest-Emails ein Ende hat.

Mein Computer-Freund Ede hat das Problem mit den festgefahrenen Tierversuchen sofort verstanden. Er hat einen guten Vergleich gebracht. Es sagte: Sieh dir dein Smartphone an. Das ist ein kleiner Computer, mit dem du dir Informationen von überall auf der Welt beschaffen kannst. Du kannst telefonieren, Filme sehen, Nachrichten versenden, einkaufen, übersetzen und vieles mehr. Das kannst du nur, weil Milliarden an Forschungsmitteln in die Entwicklung gesteckt wurden. Genauso ist das bei den Tierversuchen. Wenn du den Forschern das Geld für die Erforschung von tierversuchfreien Testmethoden gibst, werden sie bald Methoden entwickelt haben, die es möglich machen, auf Tierversuche zu verzichten. So lange aber die öffentlichen Gelder in Tierversuche fließen, werden Forscher ihre Karrieren weiter auf Tierversuchen aufbauen und nur ausnahmsweise in anderen Richtungen forschen. Wissenschaftler sind schließlich auch nur Menschen."

Hanna hatte Arne überzeugt. „Der Vorschlag ist perfekt. Und du meinst, deine Computer-Leute bekommen es hin, die Artikel in den einschlägigen Zeitungen zu veröffentlichen?" Hanna lachte: „Da kannst du Gift drauf nehmen. Das sind Profis, die können das. Auf wundersame Weise wird dieser Beitrag in den wichtigsten Zeitschriften und in den Online-Nachrichten erscheinen, obwohl niemand die Veröffentlichung autorisiert hat. Sie werden auch dafür sorgen, dass jede Tierschutz-Email, die in den kommenden Tagen an eine beliebige Emailadresse im Ministerium gesendet wird, automatisch an sämtliche Emailadressen im Ministerium weiter geleitet wird. Wenn die Tierschutzverbände ihre Mitglieder richtig mobilisieren, bekommen die ein echtes Problem mit ihren Rechnern."

Arne grinste breit: „Hanna, ich muss jetzt erst einmal auflegen. Oma soll sich gleich darum kümmern, dass die Tierschützer mitmachen. Ich ruf dich nachher wieder an." Nachdem Arne seine Großmutter über das Gespräch mit Hanna unterrichtet hatte, telefonierte die sofort mit Ines und übermittelte ihr die Vorschläge der Computer-Leute. Ines begriff die Chance, die in dem Vorschlag steckte. Sie sagte: „Wir werden sofort über unsere sozialen Netzwerke zum Protest aufrufen. Unser Dachverband und andere Tierschutzverbände wollen sich an der Aktion beteiligen. Wir haben mehr als hunderttausend Mitglieder. Ich bin zuversichtlich, dass der Plan funktioniert. Wenn das klappt, haben wir was zu feiern."

Am Nachmittag erhielt Arne eine SMS von Hanna: „Der Startschuss ist gefallen. Am dreiundzwanzigsten ist alles online." Auch Ines telefonierte am Nachmittag noch einmal mit Maja. Wir haben die Aufforderung zu den Protest-Emails soeben an alle Mitglieder geschickt und bei Facebook und Twitter verbreitet. Sie wurden schon tausendfach geteilt, auch von den anderen Tierschutzverbänden. Die Sache läuft gut an."

Computer-Chaos beim Minister

Am späten Nachmittag herrschte bei den Mitarbeiterinnen und Mitarbeitern des Ministers für Forschung Krisenstimmung. Die Mitarbeiterinnen von der Pressestelle, die Staatssekretäre, die Referentin und die Vorzimmerdame des Ministers konnten ihre Emails nicht empfangen. Oder vielmehr, sie empfingen so viele Protest-Emails, dass es ihnen nicht gelang, die wichtigen dienstlichen Schreiben aus den Unmengen der Nachrichten herauszufiltern. Ein herbeigerufener Computer-Spezialist hatte versucht, die Protest-Emails direkt in den elektronischen Papierkorb umzuleiten. Erfolglos. Nach einer Weile hatte er sich schulterzuckend mit den Worten verabschiedet: „Die Leute wechseln ständig den Betreff in ihren Anschreiben. Wenn ihr mir nicht sagen könnt, nach welchen Begriffen ich die Nachrichten filtern soll, kann ich nichts machen. Dann müsst ihr da jetzt durch. Irgendwann wird das schon aufhören. Trotzdem frohe Weihnachten!"

Der Minister hatte am Abend ein Grußwort zu der Preisverleihung eines Forschungspreises zu halten. Sein Büro erwartete die Zuarbeit von einer Wissenschaftlerin, die in einem Forschungsinstitut außerhalb des Ministeriums beschäftigt war. Die Sekretärin durchsuchte verzweifelt die zahllosen Emails im Posteingangsfach nach dieser einen Nachricht. Als der Minister aus der Besprechung kam und zur Preisverleihung aufbrechen musste, hatte sie die Email noch immer nicht gefunden, so dass der Minister unvorbereitet zu der Abendveranstaltung aufbrechen und eine Rede aus dem Stegreif halten musste.

Der Minister war ungehalten. Unterwegs im Dienstwagen machte er seinem Ärger Luft: „Es muss doch möglich sein, eine Email zu finden! Wie stellen sich die Pappnasen im Büro denn wieder an! Soll ich bei der Preisverleihung etwa über das Wetter reden?" „Leider ist es im Moment wirklich nicht möglich, im Postfach etwas zu finden, Herr Minister. Wir werden mit Emails geradezu bombardiert, so dass an ein vernünftiges Arbeiten nicht zu denken ist." Die persönliche Referentin, die ihren Minister zu der Abendveranstaltung begleitete, nahm ihre Kollegin in Schutz. Der Minister war verwundert. „Was heißt, wir bekommen so viele Emails gleichzeitig? Ist das ein Computervirus?" „Schlimmer", antwortete die Referentin: „Tierschützer!" „Tierschützer? Was wollen die denn? Ich bin doch nicht für Tierschutz zuständig!", schimpfte der Minister. Die Referentin reichte dem Minister den Ausdruck eines Protestschreibens und erklärte: „Es geht den Tierschützern um unsere Förderpolitik. Sie beschweren sich darüber, dass die Gelder falsch eingesetzt werden und möchten eine stärkere finanzielle Förderung für die Erforschung von neuen tierversuchsfreien Forschungsmethoden durch unser Ministerium. Interessant dabei ist, dass sie auf die Erfolge des Forscherteams verweisen, dem Sie heute Abend die Auszeichung verleihen werden. In den Protestschreiben wird gefordert, dass Forscher wie das Team um Frau Professor Ehrenpreis, Dr. Engels und Professor Auster mehr Geld bekommen, damit in Zukunft die Tierversuche durch andere wissenschaftliche Testmethoden ersetzt werden können." „Das klingt ja nicht völlig abwegig, meinen Sie nicht?", erwiderte der Minister nachdenklich und fuhr fort: „Aber wenn sogar den Tierschützern das Forschungsprojekt bekannt ist, das ich heute Abend auszeichnen soll, dann werden Sie doch bestimmt ein paar Textbausteine für meine Rede im Internet finden! Schauen Sie doch bitte einmal in Ihr Smartphone und geben Sie mir ein paar brauchbare Stichworte!" Kurze Zeit darauf erklärte die Referentin dem Minister, welche Bewandtnis es mit dem Multi-Organ-Chip auf der Basis menschlicher Zellen hatte und welche Perspektiven das für die Diagnose und die Heilung von Krankheiten eröffnete. Der Minister hatte aufmerksam zugehört und nickte. „Das ist mal ein handfestes Forschungsergebnis. Das kann sich wirklich sehen lassen. Sonst feiern wir sogar, wenn jemand den Schnupfen bei einer Maus kurieren kann. Es kann wirklich nichts schaden, wenn ich mir diesen Multi-Organ-Chip einmal genauer ansehe."

In seiner Rede zur Preisverleihung lobte der Minister die Forschung am Multiorgan-Chip als wegweisend und ermunterte die Forscher, ihre Forschung an diesem tierfreien Testmodell weiterzuführen. Er stellte sogar neue Fördergelder in Aussicht, da ihn dieses Forschungsprojekt überzeugt hatte. Bei den Gesprächen nach der Preisverleihung vergaß der Minister den Computer-Spuk in seinem Büro.

Daran erinnert wurde er erst am folgenden Morgen. Es war der letzte Arbeitstag vor dem Weihnachtsfest. Als er die Tür zu seinem Vorzimmer öffnete, traute er seinen Augen kaum. Alle Bildschirme waren schwarz. Seine Mitarbeiter waren zu Papier und Kugelschreiber zurückgekehrt, um Termine und Nachrichten festzuhalten. Sie nutzten ihre persönlichen Smartphones bzw. Tablet-PCs für Internet-Recherchen, da die Computer des Forschungsministeriums ihren Dienst versagt hatten. Der Minister quittierte diesen ungewohnten Anblick mit einem Kopfschütteln.

Der Schreck vor dem Fest

Maja hatte vom Förster die Erlaubnis, ihren Tannenbaum selbst zu schlagen. Das kostete nur ein paar Euro und hatte den Vorteil, dass sie den Baum selbst auswählen durfte. Heute war das Wetter ideal für einen Waldspaziergang. Die Luft war kalt und klar und die Sonne strahlte. Dort wo die Sonnenstrahlen den Boden trafen, verwandelte sie den Raureif in Wölkchen aus Wasserdampf. Maja und die Kinder machten sich gut gelaunt auf den Weg in den Wald.

Minnie hatte es sich in Arnes Brusttasche bequem gemacht. Die Schweine waren ebenfalls mit von der Partie. Maxi trug ihren dicken, geringelten Pullover und diesmal folgte sogar Kasi in angemessener Entfernung. Die Katze wollte die Gelegenheit nutzen, sich mit der Umgebung des Hofes vertraut zu machen. Der Rat von Schnabelweis hatte ihr eingeleuchtet. Auf Oma und die Kinder würde der Jäger wohl kaum schießen und so nahm auch sie entspannt an dem Waldspaziergang teil und beobachtete ihre neue Umgebung ganz genau.

Maja war zielstrebig zur Lichtung bei der alten Gewittereiche gegangen. Rund um den markanten Baum, in den vor Jahren der Blitz eingeschlagen hatte, standen viele junge Fichten. Sie hatten sich von selbst dort ausgesät und standen so dicht, dass einige von ihnen über kurz oder lang entfernt werden mussten, damit die anderen ausreichend Platz bekamen. Maja ließ die Kinder entscheiden. „Welchen Baum wollen wir mitnehmen?" Laura und Arne untersuchten die Bäume und einigten sich nach einer Weile auf eine Fichte, die etwas größer war als Arne. Die hatte zwar eine Kahlstelle, war aber ansonsten schön dicht und gerade gewachsen. „Eine gute Wahl", lobte Maja. „Wer will den Baum absägen?" Arne verkündete: „Das ist Männerarbeit!", und legte seine Jacke neben sich auf den Waldboden. Maja widersprach: „Arne, das ist Quatsch. Das Sägen geht ganz leicht. Das kann sogar Laura. Die Jacke kannst du anbehalten. Aber es wäre toll, wenn du den Baum nachher nach Hause tragen würdest. Das ist der wirklich anstrengende Teil unserer Aktion." „Na klar, mach ich! Aber die Jacke ist mir einfach zu warm hier in der Sonne. Lass die mal ruhig da liegen." Während die Menschen mit dem Baum beschäftigt waren, machte Minnie es sich auf einem Baumstumpf bequem und genoss die wärmenden Strahlen der Wintersonne.

Arne begab sich ans Werk und sägte drauf los. Plötzlich schimpfte er: „Mist, die Säge klemmt!" Maja ermunterte Laura: „Hilf mal deinem Bruder. Wenn du den Baum von Arne wegziehst, klemmt die Säge nicht mehr. Seht ihr, der Schnitt ist schon fast durch. Achtung! Laura, pass auf, der Baum fällt!" Da alle genau verfolgten, wie Arne den Baum absägte, hatte niemand bemerkt, dass seit geraumer Zeit ein Raubvogel über ihren Köpfen kreiste, der seine scharfen Augen auf Minnie gerichtet hatte. Die große Maus war für ihn eine willkommene Beute. Jetzt, wo die Menschen damit beschäftigt waren, den Baum zu fällen und die Schweine sich an Eicheln gütlich taten, schien der geeignete Moment gekommen. Blitzschnell und lautlos stieß er herab. Doch im allerletzten Moment, als der Bussard seine Krallen bereits nach Minnie ausgestreckt hatte, warf sich Kasi mit einem grimmigen Fauchen vor die Maus. Damit hatte der Bussard nicht gerechnet. Er war nicht mehr in der Lage, seinen Angriff rechtzeitig abzubrechen. Bevor er sich wieder in die Lüfte erheben konnte, trafen seine scharfen Krallen die Katze. Kasi schrie vor Schmerz laut auf.

Die Attacke des Bussards kam so blitzschnell und unerwartet, dass Maja und die Kinder nur sahen, dass der Raubvogel davonflog. „Oma, Oma, was war das?", schluchzte Laura. Fassungslos blickte sie zu Kasi, aus deren Pelz Blutstropfen perlten. Maja nahm die Kleine in den Arm. „Alles ist gut, Laura. Für einen Moment habe ich geglaubt, dass sich Kasi auf Minnie gestürzt hat, um sie zu fressen. Aber in Wirklichkeit hat die Katze die Maus vor dem Bussard beschützt. Eine so heldenhafte Rettungsaktion hat es in der Geschichte von Katzen und Mäusen wahrscheinlich noch nie gegeben. Ich hoffe, Kasi ist nichts Ernsthaftes passiert. Ich untersuche das gleich", beruhigte sie ihr Enkelkind. Arne hatte die Säge zur Seite gelegt und war zu dem Baumstumpf gelaufen, wo Maja die Katze untersuchte. Von Minnie war nichts zu sehen. „Hat er Minnie erwischt?" fragte Arne besorgt. „Nein, nein", beschwichtigte Maja, „Der Bussard hatte nichts zwischen den Krallen, als er wegflog und dann wäre Kasi auch nicht verletzt worden." Dann sahen sie erleichtert Minnies Nasenspitze, die unter Arnes Jacke hervorlugte. „Oh Mann, da bist du ja, Minnie!", sagte er erleichtert und fügte an Kasi gewandt hinzu: „Dich hat der Bussard wohl ganz schön erwischt, was? Kasi, du bist unsere Heldin." Maja stellte fest, dass es sich bei den Verletzungen der Katze nur um Fleischwunden handelte. „Die Wunden sind nicht sehr tief. Das bekommen wir wieder hin!", tröstete sie. „Zur Belohnung hast du heute freie Wahl an der Kühlschranktür, Kasi. Kannst du alleine laufen, oder müssen wir dich tragen?" Kasi

lief ein paar Schritte und leckte sich ihre Wunden. Maja war erleichtert. „Das ist gerade noch einmal gut gegangen. Nicht auszudenken, was geschehen wäre, wenn Kasi sich nicht dazwischen geworfen hätte."

Als sich alle von dem Schreck erholt hatten, zog Arne seine Jacke wieder an und steckte Minnie in die Brusttasche. „Kommst du, Kasi?", lockte er die Katze. Kasi erhob sich und lief voran. Offenbar bereitete ihr das Laufen keine Schwierigkeiten. Arne nahm den Weihnachtsbaum unter den Arm und die ganze Gesellschaft ging zurück nach Hause.

Zu Hause bereitete Maja einen Salbei-Aufguss und reinigte Kasis Verletzungen. Und sie hielt ihr Versprechen. Sie rief die Katze zum Kühlschrank. Kasi blickte neugierig hinein. Aber da sich in Majas Kühlschrank weder Fleisch noch Fisch befanden, schnupperte sie lediglich interessiert an der Dose mit dem Katzenfutter. „Du hast schon wieder Appetit auf Katzenfutter?", fragte Maja. „Na gut, heute hast du dir eine Extraportion verdient!" Maja füllte Kasis Fressnapf randvoll und die Katze ließ es sich zum zweiten Mal an diesem Vormittag schmecken. Diesmal verkroch sie sich nicht unter dem Sofa, als sie den Napf ausgeschleckt hatte, sondern sprang auf das Fensterbrett. Dort rollte sie sich satt und zufrieden zusammen. Ihr war klar geworden, dass sie von diesen Menschen hier nichts zu befürchten hatte. Also musste sie sich auch nicht verkriechen. Ab sofort würde sie es sich bequem machen und das Leben auf dem Hof genießen. Das Fensterbrett war ein idealer Platz dafür, sonnig, mit Blick ins Zimmer und auf den Hof. Laura kraulte die Katze behutsam und sagte: „Ich bin so froh, dass es dich gibt, Kasi!" Die Katze blinzelte und schnurrte leise. Diese Menschen waren ihre Freunde. Nach dem Mittagessen bat Maja die Kinder, ihr beim Aufstellen des Tannenbaumes zu helfen. Das musste sie nicht zweimal sagen. Bis zum Abend werkelten die drei gemeinsam an den allerletzten Weihnachtsvorbereitungen.

Nach einiger Zeit hatte sich auch Minnie einigermaßen von dem Schreck erholt. Sie hatte das Bedürfnis, sich bei Kasi zu bedanken. Deshalb balancierte sie über die Stuhllehne auf das Fensterbrett. Die Katze blickte sie schläfrig aus ihren schmalen Augenschlitzen an. „Du hast mir das Leben gerettet. Ich weiß nicht, wie ich dir danken soll!" „Kein Ding, jetzt sind wir quitt", schnurrte die Katze sanft. „Wieso quitt?", fragte die Maus verwundert. „Wer weiß, was aus mir geworden wäre, wenn du mir kein Futter besorgt und mich nicht hierher mitgenommen hättest. Ich habe das erste Mal in meinem Leben ein richtiges Zuhause." Minnie erwiderte: „Das habe ich doch getan, weil ich froh war, dass du mich auf dem Hof nicht gefressen hast." Auch Minnie war zufrieden, dass sich ihr neues Leben so wunderbar gefügt hatte, seit sie Arne und Laura getroffen hatte. Sie kuschelte sich an den weichen Pelz der Katze und genoss ihre Wärme. Katze und Maus ruhten friedlich Seite an Seite und wenn Minnie im Schlaf zusammenzuckte, leckte ihr die Katze beruhigend über den Rücken.

Als Arne etwas später in die Küche kam, erwachte Minnie. Sie streckte sich, kletterte vom Fensterbrett herunter und lief zu Arnes Laptop. „Verstehe", nickte Arne und schaltete den Computer an. Sie warfen gemeinsam einen Blick in die sozialen Medien und freuten sich, dass die Aufforderung von Tierschützern, einen Protestbrief an den Bundesminister zu schreiben, schon viele Male geteilt worden war. Zugleich entdeckten sie in mehreren Online-Zeitungen und Nachrichtenportalen einen Beitrag in der Rubrik Wissenschaft, in dem ein Professor Suam vom Bundesministerium eine andere Forschungsförderung in Aussicht gestellt hatte. Es war zu lesen, dass das Forschungsministerium im kommenden Jahr die Entwicklung tierversuchsfreier Testmethoden mit zweihundert Millionen Euro fördern wollte. Sogar der Minister wurde zitiert. Er versprach sich große internationale Anerkennung und mutmaßte, dass das Land vor allem wirtschaftlich von dieser Forschung profitieren würde. Alles war so, wie Minnie es vorausgesehen hatte. Der Beitrag verbreitete sich wie ein Lauffeuer. Maja jubelte: „Es hat geklappt! Das ist für mich das allerschönste Weihnachtsgeschenk!" Laura wollte wissen: „Hören die Tierversuche jetzt auf?" „So schnell geht das nicht. Aber es ist ein wichtiger Schritt dahin. Wenn der zweite Teil unseres Plans auch noch funktioniert, haben die Mäuseforscher in Zukunft schlechtere Karten. Wir müssen allerdings noch abwarten, wie sich der Minister entscheidet," erwiderte Arne. Minnie verzog ihr Schnäuzchen zu einem Grinsen und kletterte zurück auf das Fensterbrett, um sich an die Katze zu kuscheln.

Eine schöne Bescherung

Arne hatte am Vorabend alle persönlichen Daten von seinem Laptop gelöscht und das Gerät in einen Geschenkkarton verpackt. Laura hatte ein Kärtchen gemalt und OMA darauf geschrieben. Das Wort OMA hatte sie gerade in der Schule schreiben gelernt. Die Kinder waren gespannt, wie ihre Oma wohl auf ihr Weihnachtsgeschenk reagieren würde.

Als Arne am nächsten Morgen Maxi die Haarwuchsmedizin verabreichen wollte, war Maxi voller Unruhe. Sie nahm ihm zwar das Brot ab, aber ansonsten hatte sie offenbar keinen Appetit. Ihr Futter war fast unberührt.

Als Arne seiner Oma davon berichtete, erwiderte die: „Das ist mir heute früh auch schon aufgefallen." „Vielleicht sind die Fichtenzweige Schuld", druckste Laura schuldbewusst herum. „Ich habe doch die Scheune mit den Zweigen von unserem Weihnachtsbaum und mit meinen Kastanien-Tieren dekoriert, damit Maxi und Wutz es auch schön haben zu Weihnachten. Vielleicht hat Maxi davon gefressen." „Ach wo, Laura, mach dir keine Sorgen. Von Fichtenzweigen wird kein Schwein krank. Sicher hat Maxi nur eine Magenverstimmung. So etwas passiert uns ja auch ab und zu. Komm, lass uns ein paar Plätzchen backen. Dann vergeht die Zeit schneller bis zur Bescherung und du hast noch etwas, was du deinen Eltern schenken kannst. Später schauen wir dann noch einmal nach Maxi." Maja holte Dinkelmehl, Rohrzucker, Walnüsse, Fett und andere Zutaten aus dem Schrank und zeigte Laura, wie die Zutaten abgewogen und geknetet werden mussten. Laura hatte eine Weile zu tun, bis sie aus den Zutaten einen gleichmäßigen Teig geknetet hatte. Als der Teig später ausgerollt auf dem bemehlten Küchentisch lag, legte Maja Ausstechformen und ein gefettetes Backblech bereit. Laura stach mit Feuereifer Sterne, Monde und Herzen aus und legte sie auf das Backblech. Am Schluss bat sie: „Oma, wir haben jetzt genug Plätzchen. Kannst du zwei Schweine, eine Maus und eine Katze aus dem Teig formen?" „Klar kann ich das versuchen", sagte Maja und einige Minuten später lagen die Tierfiguren auf dem Blech. „Du musst den Tieren jetzt Augen, Mund und eine Nase geben. Hier sind Rosinen,

Mandeln und Nüsse. Probier es damit!" Laura dekorierte die Teig-Tiere, die Sterne, die Herzen und Monde, bis alle Zutaten verbraucht waren. „Oha!", stellte Maja lachend fest. „Das sind ja ordentliche Kalorienbomben geworden!" Maja schob das Blech mit dem Gebäck in den vorgeheizten Backofen und stellte den Kurzzeitwecker.

Als Maja die verführerisch duftenden Plätzchen aus dem Herd geholt hatte, schlug sie vor: „Lasst uns jetzt zu Mittag essen. Wenn ihr eure Kürbissuppe aufgegessen habt, sind die Plätzchen ausgekühlt. Dann probieren wir sie, einverstanden?" Bei der Verkostung mussten die Kinder an sich halten, sonst wäre nicht viel von dem knusprigen Gebäck übrig geblieben. Stolz sortierte Laura ihre Plätzchen in kleine Pergamenttüten, die Maja bereitgestellt hatte. Die Tütchen bekamen eine kleine Schleife und wurden beschriftet. Mama und Papa stand darauf. Dann wurden sie in einen großen Korb gelegt, in dem bereits andere Weihnachtsgeschenke lagen.

Die Kinder hatten den Kaffeetisch mit dem Tierfiguren-Gebäck und einigen von Lauras Kastanien-Tieren geschmückt, als die Eltern von Laura und Arne eintrafen. Neben ihrem normalen Gepäck hatten sie zwei weitere Tragetaschen mit Brotresten und altem Gebäck bei sich. „Hallo ihr drei!", rief Arnes Vater. „Seht mal, die Leute hängen immer noch ihr altes Brot bei uns an die Tür! Ich weiß gar nicht, wie wir das wieder abstellen sollen." „Fröhliche Weihnachten!", rief die Mutter und drückte zuerst Laura an sich, dann Maja und zum Schluss Arne, der solche Gefühlsbekundungen gar nicht mochte. „Ist alles im grünen Bereich bei euch?", fragte der Vater. „Klaro", erwiderte Arne, während Laura und Maja nickten. Maja bat Arne: „Bring doch bitte das Brot in die Scheune. Wir gehen inzwischen ins Haus. Der Kaffee ist gleich fertig."

In der Scheune kniff Arne die Augen zusammen und spähte in das Dämmerlicht. Irgendetwas war anders als sonst. Als er das Licht angeschaltet hatte, sah er es. Neun winzige Schweinchen wuselten um Maxi herum. Fünf dunkle, zwei rosafarbene und zwei gefleckte. Wutz hockte etwas abseits und es schien, als betrachtete er seine Schweinefamilie mit Stolz. Arne schnappte nach Luft. Dann kniete er sich neben Maxi ins Stroh und streichelte die winzigen Ferkelchen. „Das ist ja eine echte Weihnachtsüberraschung. Oma wird sich ganz schön wundern!"

Olaf und Gerda hatten ihr Gepäck im Gästezimmer abgestellt und waren dann in die Küche gekommen. Verwundert betrachteten sie Kasi und Minnie, die es sich auf ihrem Lieblingsfensterbrett bequem gemacht hatten und sich eng aneinander kuschelten. „Ist die Maus echt?", erkundigte sich Gerda und zeigte auf Minnie. „Sicher!", erwiderte Maja. „Das sind meine neuen Mitbewohner. Die beiden sind unzertrennlich."

Gerda wollte wissen: „Wo hast du die denn wieder aufgelesen?" Als Maja zu einer Erklärung ansetzte, stürmte Arne ins Haus und rief aufgeregt: „Kommt schnell! Ihr müsst unbedingt ganz schnell in die Scheune kommen!" „Immer mit der Ruhe, Arne. Eine alte Frau ist kein D-Zug! Gerda, kommst du mit?", fragte Maja ihre Schwiegertochter, während sie sich eine Jacke überzog und Arne in die Scheune folgte. Maja war heilfroh über die Ablenkung. So hatte sie die Gelegenheit, sich vor der Beantwortung von Gerdas Frage zu drücken. Maja hatte ihren Enkelkindern versprochen, den Eltern nicht zu verraten, wie Kasi und Minnie in ihr Haus gekommen waren. Sie hätte etwas erfinden müssen, die Tiere seien aus dem Tierheim oder etwas Ähnliches. So aber musste sie gar nichts über die Herkunft von Minnie und Kasi sagen und ging statt dessen hinaus in die Scheune.

Laura war begeistert und jauchzte: „Kleine Schweinchen, wie süß!" Sie setzte sich zwischen die Tiere ins Stroh, um die Kleinen zu streicheln. Maja schluckte und zählte. Neun Ferkel! Das war jetzt selbst für sie als eingefleischte Tierschützerin starker Tobak. Als sie sich gefasst hatte, kraulte sie Maxi und sagte zu ihr: „Das ist ja eine schöne Bescherung. Die Überraschung ist dir wirklich gelungen. Naja, Hauptsache, alle sind gesund." Sie nahm eins der scheckigen Ferkel auf den Arm und betrachtete es genauer. Es sah niedlich aus mit seiner winzigen Steckdosennase.

„Willst du die etwa auch alle behalten?", unterbrach Olaf die Betrachtungen von Maja. Er machte sich ernsthaft Sorgen, dass seine Mutter alle elf Schweine durchfüttern wollte. Maja schüttelte den Kopf: „Natürlich nicht. Ich betreibe doch keine Schweinezucht. Für die kleinen Schweine wird sich schon irgendwo ein Plätzchen finden. Jetzt lasst uns ins Haus gehen. Es ist Heiligabend. Fröhliche Weihnachten!"

Es wurde ein schöner Abend unter dem liebevoll geschmückten Weihnachtsbaum. Nachdem alle ihre Geschenke ausgepackt hatten, installierte Arne mit Feuereifer die wichtigsten Programme auf seinem neuen Laptop. Gleichzeitig erklärte er Maja, wie sie seinen alten Laptop bedienen musste, den sie mit einem Internetvertrag und allen wichtigen Programmen unter dem Weihnachtsbaum gefunden hatte. Laura erzählte, wie sie Plätzchen gebacken und Kastanientiere gebastelt hatte und von der selbstlosen Rettungsaktion der kleinen Maus durch Kasi. Dann spielten sie ein Brettspiel, bei dem es viel zu lachen gab.

Später wurde Maja von der ganzen Gesellschaft bei der Schweinefütterung begleitet. Maxi hatte wieder großen Appetit. „Das ist wirklich eine ganz besondere Weihnachtsgeschichte", sagte Maja, als sie etwas später gemeinsam mit ihrer Familie die Scheune verließ.

Die Weihnachtsfeiertage

Maja telefonierte gleich am Morgen des ersten Weihnachtsfeiertages mit Ines und erzählte ihr von dem freudigen Ereignis mit den neun kleinen Ferkelchen und dass die ihr ziemliches Kopfzerbrechen bereitete. Ines war wie immer optimistisch: „Da mach dir mal keine Sorgen, Maja. Wir finden einen Platz für deine Schweinchen. Das wäre doch gelacht. Zwei Ferkel könnten wir sofort im Streichelzoo auf unserem Kinderbauernhof gebrauchen. Wir müssen nur abwarten, wie sich die Schweine entwickeln. Das Temperament von Wildschweinen sollten sie im Streichelzoo besser nicht haben." Das Telefonat mit Ines hatte Maja halbwegs beruhigt. Auch für den unerwarteten Nachwuchs würde sich eine Lösung finden.

Als Maja mit ihrer Familie zum Waldspaziergang aufbrach, strahlte die Sonne. Maxi begleitete die Menschen heute zwar nicht bei ihrem Waldspaziergang, aber sie lief wie immer zum Komposthaufen, um ihr Geschäft zu verrichten. Als sie dort im Sonnenlicht stand, stutzte Olaf. „Seht doch mal!", sagte er. „Die Ferkel scheinen deiner Sau gut zu bekommen. Das Schwein glänzt ja richtig goldig." Maja runzelte die Stirn. Wollte ihr Sohn sie veräppeln? Aber als sie Maxi genauer betrachtete, sah sie es auch. Das Schwein war über und über mit winzig kleinen blonden Härchen bedeckt, die im Sonnenlicht schimmerten. „Es funktioniert!", jubelte sie begeistert. „Maxi bekommt einen Pelz." Bei all der Aufregung hatte niemand an das Haarwuchsmittel gedacht, das jetzt begann, seine Wirkung zu entfalten.

Während des Spaziergangs erzählte Arne die Geschichte von dem Haarwuchsmittel. Gerda hatte aufmerksam zugehört und sagte: „Olaf, vielleicht wäre dieses Haarwuchsmittel auch etwas für dich und deine Geheimratsecken?" Arne kicherte: „Wenn du nicht willst, dass Papa aussieht wie ein Affe, würde ich das nicht empfehlen. Eine Studie hat ergeben, dass das Haarwuchsmittel bei Männern ziemlich böse Nebenwirkungen hat. Ich glaube nicht, dass du Papa mit einem Fell auf der Brust und einem Gesicht wie ein Streuselkuchen so toll finden würdest. Der Wirkstoff funktioniert leider ausschließlich bei Tieren."

Die Weihnachtsfeiertage vergingen wie im Fluge. Am zweiten Feiertag mussten Olaf und Gerda zurück nach Hause fahren. Sie hatten verabredet, die Kinder einen Tag nach Silvester abzuholen.

Abends erhielt Arne eine SMS von Hanna. ‚Hast du Zeit, Arne? Wenn ja, melde dich bitte.' Als Arne Hannas Gesicht auf dem Bildschirm erblickte, bekam er ein schlechtes Gewissen. Er hatte Weihnachten gefeiert und sich keine Gedanken darüber gemacht, wie Hanna das Weihnachtsfest verbringen würde. Hannas Gesicht war ernst, ihre Augen waren rot und verquollen. „Was ist los, Hanna?," erkundigte sich Arne besorgt.

„Stress. Egomann wollte zu Weihnachten auf „Heile Welt" machen. Er hat ein Candle-Light-Dinner unterm Weihnachtsbaum organisieren lassen. Das ist voll nach hinten losgegangen. Egomann war sauer, weil sich meine Mutter nicht um mich kümmert und ihr Leben nur aus Schickimicki besteht. Meine Mutter hat geheult und ich habe ihr vorgeschlagen, dass sie Egomann verlassen soll. Schließlich denkt der nur an sich. Außerdem ist er ein Tierquäler. Du glaubst nicht, was dann losging. Plötzlich haben beide auf mir herumgehackt! Ich bin in mein Zimmer gerannt. Die Geschenke kann sich Egomann in die Haare schmieren. Ich habe sie gar nicht erst ausgepackt." Hanna schluckte und schlug die Augen nieder. „Und was hast du nach dem Streit getan?", erkundigte sich Arne. „Nichts", erwiderte Hanna traurig.

„Warte mal einen Moment, ich bin sofort wieder da!", mit diesen Worten stand Arne auf und lief zu seiner Großmutter. „Oma, darf Hanna zu uns kommen?", bat er sie und erklärte ihr kurz Hannas Situation. „Ja klar, aber lass mich bitte kurz mit Hanna sprechen", erwiderte Maja und setzte sich ohne Arnes Antwort abzuwarten vor den Laptop,. „Hallo Hanna!", begrüßte sie das überraschte Mädchen. „Ich bin Arnes Oma Maja. Wenn du Lust hast, ein paar Ferientage auf dem Dorf zu verbringen, kannst du uns gern in Eschendorf besuchen. Wenn du mit dem Zug bis Grünstadt fährst, holen wir dich dort am Bahnhof ab. Aber bitte sage deinen Eltern, dass du hier bei uns bist. Versprichst du mir das?" Hanna hatte Tränen in den Augen und nickte nur. „Prima, wir freuen uns auf dich! Am besten schickst du Arne eine Nachricht, wann du ankommst. Ich freu mich auf dich!" Nach diesen Worten erhob sich Maja und sagte schmunzelnd zu Arne: „Da hast du ja nächste Woche tatkräftige Unterstützung bei deinem Haarwuchs-Experiment."

Als sich Arne wieder vor den Laptop gesetzt hatte, strahlte Hanna, als sie erklärte: „So eine Oma hätte ich auch gerne. Wenn du nichts dagegen hast, komme ich gleich morgen Vormittag. Ich suche mir einen Zug raus und sage Egomann bescheid. Meine Mutter bekommt sowieso nichts mit, so selten wie die zu Hause ist." „Was machst du, wenn Egomann dir verbietet zu kommen?", erkundigte sich Arne. Hanna schüttelte den Kopf. „Das macht er nicht. Er ist er froh, wenn er seine Ruhe hat und ich nicht da bin." Arne und Hanna skypten noch bis zum späten Abend.

Hanna lebt auf

Am nächsten Morgen holte Maja ihr Auto aus der Garage und fuhr mit Arne und Laura nach Grünstadt, um Hanna vom Bahnhof abzuholen. Als Hanna aus dem Zug stieg, war sie kaum zu sehen hinter einem riesigen Blumenstrauß, den sie mit beiden Händen vor sich hertrug. „Danke, dass ich kommen darf", sagte sie und gab Maja die Blumen. „Die Blumen hat mein Stiefvater heute früh gekauft. Er meinte, es gehört sich so, dass ich Blumen mitbringe." Maja lächelte. „Das ist sehr freundlich von deinem Stiefvater. Richte ihm bitte aus, dass ich mich gefreut habe. Aber ein kleines Sträußchen wäre praktischer gewesen, dann hättest du dich nicht so abschleppen müssen."

Nachdem der Blumenstrauß und Hannas Tasche im Kofferraum verstaut waren, fuhren sie zurück nach Eschendorf. Während der Fahrt war Hanna schweigsam. Sie taute erst auf, als sie Minnie und Kasi auf dem Fensterbrett liegen sah. „Das ist ja ein irres Pärchen!", rief sie und streichelte Minnie sanft über den Rücken. „Soll ich dir die Schweine zeigen?", bot Laura an. „Gerne, wo sind die denn?" Hanna blickte sich in der Küche um. Laura lachte, griff nach Hannas Hand und zog sie in den Korridor. „Die sind doch nicht in der Küche! Wir müssen in die Scheune gehen, komm mit!" Arne schloss sich den Mädchen auf dem Weg in die Scheune an.

Als Hanna die Schweinefamilie erblickte, war sie Feuer und Flamme. „Du darfst sie ruhig streicheln. Die Schweine mögen das", ermunterte Arne das Mädchen, das etwas unsicher neben Maxi stehen geblieben war. Hanna hockte sich neben die Schweine ins Stroh und streichelte Maxi ganz vorsichtig. „Das Schwein fasst sich ja noch weicher an als Minnie", sagte sie verwundert. Arne erklärte: „Ja, ihr wächst gerade ein Pelz. Komischerweise sind die Haare viel weicher als Schweineborsten oder das Fell von Wutz." Als Hanna ein rosafarbenes Ferkel streichelte, bemerkte sie: „Das Baby fühlt sich genauso an wie Maxi. Wahrscheinlich bekommt es genau so ein Fell." „Stimmt, das war mir noch gar nicht aufgefallen", erwiderte Arne, nachdem er sich die Ferkel genauer angesehen hatte. „Aber sieh mal, nur die rosafarbenen und die scheckigen Schweine kriegen einen weichen Pelz. Den dunklen Schweinchen wächst ein ganz normales Fell. Die sehen fast so aus, wie die kleinen Frischlinge im Wald."

„Du musst ganz genau aufschreiben, wann Maxi die Medizin bekommen und wann der Fellwuchs begonnen hat. Vielleicht kann man mit dem Haarwuchsmittel auch anderen Tieren helfen." Arne wusste zwar nicht genau, wozu das gut sein sollte, aber er versprach, alles genau aufzuschreiben. „Du musst auch notieren, wie es bei den Ferkeln wirkt." „Die Ferkel bekommen doch keine Medizin!", widersprach jetzt

Laura. Doch Hanna schüttelte den Kopf: „Laura, die Ferkel trinken Maxis Milch und nehmen damit alles zu sich, was Maxi zuvor gefressen hat." Als Arne auf sein Handy sah, bekam er einen Schreck: „Oh Mann, es ist schon ein Uhr durch. Oma hat bestimmt schon das Essen fertig und wir haben ihr nicht mal beim Tisch decken geholfen. Lasst uns rein gehen!"

In der Küche duftete es verführerisch. Maja hatte eine Gemüsepfanne und Rosmarinkartoffeln zubereitet. Die Kinder halfen beim Auffüllen des

Essens und aßen mit Appetit. Hanna hatte noch nie so knackiges und gut gewürztes Gemüse gegessen. Die aromatischen Rosmarinkartoffeln aus dem Backofen passten perfekt dazu. Als Maja sich erkundigte, ob Hanna noch etwas essen wollte, nickte das Mädchen dankbar. Hanna hatte sich seit dem Weihnachtsabend nur von Fertigsuppen und Toastbrot mit Marmelade aus dem Vorratsschrank ernährt, weil sie einfach keine Lust hatte, sich mit Egomann an einen Tisch zu setzen und jetzt hatte sie richtigen Hunger.

„Danke, Frau Müller, so gut hat mir Gemüse noch nie geschmeckt", sagte Hanna, als sie ihr Besteck auf dem leeren Teller ablegte. „Das Rezept ist ganz einfach, das kannst du auch kochen. Du kannst übrigens Maja zu mir sagen", erwiderte Maja. Hanna lächelte. „Fast hätte ich es vergessen. Ich habe etwas Kostgeld mitgebracht, damit ich euch nicht zur Last falle", sagte Hanna und zog einen Geldschein aus der Tasche. Maja hob abwehrend die Hände: „Steck das mal schnell wieder ein. Du bist mein Gast und ich hoffe, dass es dir bei uns gefällt." Sie unterdrückte ein Gähnen und erklärte: „Ich bin heute so was von müde! Ich muss wohl ein Mittagsschläfchen halten." Hanna schob das Geld unter eine Keramikdose auf dem Gewürzregal und schlug vor: „Das Geld ist von Egomann. Ich will es auch nicht. Wir können ja später überlegen, was damit werden soll. Arne, deine Oma hat gekocht. Ich finde, da sollten wir uns um den Abwasch kümmern, meinst du nicht? Derweil kann deine Oma ihr Mittagsschläfchen machen."

Nach dem Abwasch hatte Hanna es eilig. Sie wollte zu den Schweinen in die Scheune. Da Arne Minnie in seine Jackentasche gesteckt hatte, folgte auch Kasi den Kindern. Die Kinder holten Stroh und schoben es zusammen, so dass sie warm und bequem sitzen konnten. Dann streichelten sie die kleinen Ferkel und Arne und Laura berichteten Hanna noch einmal ganz ausführlich, was sie mit Maxi und Wutz in den Herbstferien erlebt hatten.

Nachdem der junge Keiler Wutz gemeinsam mit der verletzten Maxi auf Majas Hof in Eschendorf aufgetaucht war, hatte Maja das Schwein gesund gepflegt. Wutz war der verletzten Maxi nicht von der Seite gewichen. Zur selben Zeit war bekannt geworden, dass der geldgierige Schweinebaron Güllegold in Eschendorf eine Mastanlage für zehntausende Schweine errichten wollte. Ein korrupter Landrat, der sich vom Schweinebaron finanzielle Unterstützung für seinen Wahlkampf erhoffte, hatte das Projekt eingefädelt. Aber die Bewohner des Dorfes ließen sich das nicht gefallen. Auch die Wildtiere nicht, von denen einige die Sprache der Menschen verstanden und die auf diese Weise von der Bedrohung erfahren hatten. Sie setzten sich ebenfalls gegen die Zerstörung ihres Lebensraumes durch die Schweinefabrik und die damit verbundene Umweltkatastrophe zur Wehr. Eine Schlüsselrolle spielte der umtriebige Sperlingskauz Schnabelweis.

Die winzigkleine Eule saß auch jetzt wieder auf einem Balken des Hängebodens und lauschte aufmerksam. Arne lockte ihn: „Schnabelweis, stimmt's, ich habe Recht. Du verstehst mich!" Der putzige Vogel flog herab, drehte eine Runde um die Köpfe der Kinder und landete auf dem leeren Schweinetrog. Schnabelweis nickte und zwitscherte: „Fuit". „Das ist ja abgefahren!", staunte Hanna. „Und was haben die Tiere gemacht, um den Schweinebaron wieder loszuwerden?" „Zwei Eulen haben den abergläubischen Landrat das Fürchten gelehrt und die Wildschweine haben sich mit den Krähen verbündet und den Schweinebaron attackiert. Gleichzeitig haben Maja und ihre Freunde die Leute in der Umgebung und den Gemeinderat über die Risiken von Schweinefabriken aufgeklärt. Industrielle Massentierhaltung ist ja nicht nur Tierquälerei. Die Schweineproduzenten vergiften das Wasser, machen den Wald kaputt und schädlich fürs Klima ist das Ganze auch noch. Industrielle Massentierhaltung ist im wahrsten Sinne des Wortes eine Riesen-Sauerei. Die Dorfbewohner haben dagegen protestiert und Unterschriften gesammelt und Maja hat die Presse eingeschaltet. Am Ende hat der Gemeinderat den Landrat überstimmt und die Pläne abgelehnt. Der Schweinebaron ist jedenfalls nie wieder aufgetaucht."

„Fuit", nickte Schnabelweis, als Arne geendet hatte. „Und was machen wir jetzt?", fragte Hanna. „Wir müssen erst mal jemanden finden, der Oma die Schweinebabys abnimmt." „Schade, die sind so niedlich." Laura war traurig. „Laura, in ein paar Monaten sind die Ferkel so groß wie Maxi. Die fressen euch die Haare vom Kopf und bei euch hilft unser Haarwuchsmittel nicht", scherzte Hanna. „Was haltet ihr davon, wenn wir für Maxi ein Facebook-Profil anlegen. Vielleicht finden wir in den sozialen Netzwerken Menschen, die den süßen Schweinchen ein Zuhause geben können?" Arne war einverstanden.

Jetzt kletterte Minnie, die die Unterhaltung aufmerksam verfolgt hatte, aus Arnes Jacke und stupste ihre Nase gegen die Tasche, in der Arnes Smartphone steckte. Arne zog es hervor und Minnie tippte: ‚Ich kann gerne heute Abend für euch einen Text vorbereiten.' Arne streichelte die große, kluge Maus. „Danke Minnie, so machen wir das!" Schnabelweis war ein Stück heran gehüpft, legte den Kopf schief und zwitscherte. Minnie und Kasi konnten ihn verstehen. Die kleine Eule flötete: „Seit der Schweinebaron weg ist, beratschlagen wir Waldtiere, wie man die Massentierhaltung abschaffen kann. Der Schweinebaron ist zwar von hier verschwunden, aber seine Pläne hat er garantiert nicht aufgegeben. Er wird irgendwo anders eine Schweinefabrik bauen und die Natur zerstören. Dann trifft es unsere Brüder und Schwestern. Wenn ihr eine gute Idee hättet, würden wir euch nach Kräften unterstützen." Minnie übersetzte den Kindern das Gezwitscher auf Arnes Smartphone. Arne seufzte „So lange sich Geld damit verdienen lässt, wird sich auch jemand finden, der diese Tierfabriken baut." Minnie tippte: ‚Dann müssen wir eben etwas machen, damit das nicht mehr funktioniert.'

„Wie willst du das denn anstellen?" fragte Hanna ratlos. ‚Lasst mich mal ein bisschen überlegen. Vielleicht fällt mir etwas ein', tippte Minnie. Daraufhin zwitscherte Schnabelweis einige Zeit aufgeregt und Minnie hörte ihm aufmerksam zu. Als Schnabelweis mit den Flügeln geschlagen und eine Ehrenrunde gedreht hatte, tippte Minnie erneut: ‚Ich glaube, jetzt hab ich's. Heute Abend prüfe ich die Idee im Internet. Wenn sich daraus ein guter Plan entwickeln lässt, schreibe ich ihn auf. Ihr erfahrt spätestens morgen früh davon.'

Verärgerte Beamte

Zwischen Weihnachten und Neujahr war im Büro des Forschungsminis-
ters zwar wenig los, aber einige Dinge gab es immer zu erledigen.
Deshalb hatte Abteilungsleiter Bräsig um zehn Uhr eine Dienstbespre-
chung angesetzt. Die Computer liefen wieder und die Sekretärin hatte
alle Hände voll zu tun, die zahllosen Protest-Emails der letzten Tage zu
löschen. Immerhin, nach den Feiertagen waren deutlich weniger neue
Protestschreiben eingetroffen.

Die Führungsriege des Ministers war wie immer pünktlich im Bespre-
chungsraum erschienen. Auf Punkt eins der Tagesordnung standen
Arbeitsfähigkeit und elektronische Erreichbarkeit des Ministeriums. Der
Minister selbst hatte Urlaub. Er hatte jedoch vor der Sitzung mit seiner
persönlichen Referentin telefoniert und sie instruiert. Zunächst diskutierten die Beamten mit den hinzugezogenen Technikspezialisten, ob
und wie man sich künftig vor derartigen Nachrichtenfluten schützen
konnte, die zu einer Überlastung der Computer führen konnten. Die
Techniker machten wenig Hoffnung. Auf die Frage, wie das Ministerium
in diesem konkreten Fall reagieren sollte, erklärte die Referentin: „Der
Herr Minister ist zwar nicht unbedingt ein Freund der Tierschützer. Die
Forderung nach einer anderen Verteilung der Finanzmittel findet er jedoch durchaus sinnvoll. Er hat angewiesen, eine Vorlage für eine Um-
verteilung der Fördermittel zu erarbeiten. Die Deutsche Forschungsge-
sellschaft soll künftig jedes Jahr 200 Millionen Euro ausschließlich für
die Erforschung neuer tierversuchsfreier Testmethoden bereitstellen.
„Aber das wäre ein Eingriff in die Forschungsfreiheit! Das ist überhaupt
nicht zulässig!", widersprach Referatsleiter Bräsig energisch. Der Justi-
tiar schüttelte den Kopf: „Da irren Sie, Herr Kollege, denn das Grund-
gesetz schützt nicht nur die Forschungsfreiheit, sondern auch die Tiere.
Insofern ist das Ministerium sogar verpflichtet, für einen fairen Interes-
senausgleich zu sorgen. Der Minister schreibt den Forschern ja nicht
vor, was sie erforschen sollen. Der Minister sorgt nur dafür, dass ein
Teil der Steuergelder zur Erforschung von neuen tierversuchsfreien
Testmethoden verwendet wird. Wie das umgesetzt wird, entscheiden
die Forscher selbst." „Sehr gut, da das nun geklärt ist, lassen Sie bitte

eine entsprechende Vorlage erarbeiten, Herr Referatsleiter!", schloss die Referentin des Ministers die Diskussion ab.

Darauf meldete sich die Pressesprecherin zu Wort: „Dann tun wir ja dann in etwa das, was unmittelbar vor den Feiertagen als Falschmeldung in verschiedenen Zeitungen erschienen ist. Da wir erst nach Dienstschluss Kenntnis von dieser Falschmeldung erhalten haben, war ein Dementi nicht mehr möglich. Ich habe einige Journalistenanfragen zu der Falschmeldung vorliegen. Es geht um das Forscherteam, das der Minister in der letzten Woche mit einem Forschungspreis ausgezeichnet hat. Da ging es um tierversuchfreie Forschungsmethoden. Der Minister unterstützt doch diese Forscher tatsächlich, nicht wahr?" Als die persönliche Referentin nickte, fuhr sie fort: „Dann werde ich bestätigen, dass das zutrifft und die Anfragen der Journalisten entsprechend beantworten. Aber eine Frage müssen wir noch klären. Der Beitrag zitiert einen Professor Suam. Diesen Mitarbeiter gibt es in unserem Haus natürlich nicht. Aber an wen soll ich die Journalisten verweisen, wenn sie Nachfragen haben?"

Lächelnd erwiderte die Referentin: „Selbstverständlich an unseren Abteilungsleiter, Herrn Bräsig. Herr Bräsig, Sie wissen doch am besten, wer der Spezialist für diese Fragen in Ihrer Abteilung ist. Sagen Sie den Journalisten, dass es sich bei dem Namen Suam um einen Druckfehler gehandelt hat", fügte sie an den Abteilungsleiter gewandt hinzu.

„Aber so geht das doch nicht. Wer macht denn jetzt eigentlich in unserem Ministerium die Politik, meine Damen und Herren, wir oder die Tierschützer?", maulte der Abteilungsleiter. „Aber, aber Herr Kollege! Sie wissen doch: Das Parlament macht die Politik und unser Minister setzt sie um", erwiderte süffisant die persönliche Referentin des Ministers. „Wir sind nur die Verwaltung. Wir haben lediglich die Anordnungen unseres Ministers auszuführen." Bräsig seufzte. Er hatte schon pflegeleichtere Minister erlebt, aber er würde sich fügen, denn die Referentin hatte leider Recht. Ein Beamter hatte die Anordnungen seines Ministers zu befolgen, auch wenn er sie für unsinnig hielt.

Der Fluch der falschen Forschung

Zur selben Zeit saßen die Kinder mit Minnie am Küchentisch. Hanna las vor, was Minnie in der Nacht herausgefunden und aufgeschrieben hatte. Wissenschaftler hatten im Auftrag der Agrarindustrie einen Wirkstoff getestet, mit dem die Legeleistung von Hühnern in Großbetrieben gesteigert werden sollte. Die Hühner sollten 360 Eier pro Jahr und damit 60 Eier mehr legen, als die leistungsstärksten Hennen bislang. Doch das Medikament hatte sich als Totalausfall erwiesen. Vier Wochen nachdem den Hennen der Wirkstoff mit dem Namen MegEi verabreicht worden war, konnten sie nie wieder Eier legen. Der Prozess war unumkehrbar und schon eine einzige Gabe des Wirkstoffs reichte aus. „Und wie soll uns das gegen die Schweinefabriken helfen?" Minnie verzog ihr Schnäuzchen und tanzte auf der Tastatur: ‚Wir probieren es zuerst mit Hühnern aus. Da erkennen wir am schnellsten, ob unser Plan funktioniert. Wenn es mit den Hühnern klappt, probieren wir es mit Schweinen und Rindern. Wir müssen nur dafür dafür sorgen, dass der Wirkstoff ins Futter kommt. Dann ist Schluss mit Eiern aus Mega-Hühnerställen.' Arne zweifelte: „Wie willst du denn das Medikament beschaffen und vor allem, wie kriegst du es ins Futter?"

Minnie tanzte: ‚Futtermittel werden industriell hergestellt. Wenn sich jemand mit Computern auskennt, müsste es relativ einfach sein, etwas ins Futter zu mischen. Den Wirkstoff kann man ganz leicht selber herstellen und die Ausgangsstoffe sind billig. Um MegEi flächendeckend einzusetzen, wäre natürlich schon eine ganze Menge Geld nötig. Aber das ist erst der zweite Schritt.' Hanna fragte unsicher: „Meint ihr, dass eure Oma ihre Tierschutzfreundin dafür gewinnen kann?" „Ganz bestimmt! Oma, kannst du mal bitte kommen!", rief Laura zuversichtlich.

Maja warf einen Blick in die Küche: „Wo brennt's denn, Kinder?" Hanna erklärte ihr Minnies Plan. Daraufhin rief Maja bei Ines an. Die sagte nach kurzem Nachdenken: „Wir haben zwar einen Sondertopf mit dem wir Aktionen finanzieren. Aber ich müsste meinem Vorstand überzeugende Argumente liefern. Könnt ihr nicht für's Erste einen Versuch in einer Hühnerproduktionsanlage durchführen. Wenn es klappt, überlegen wir, wie es weitergehen soll."

„Wo wollt ihr denn euren Wirkstoff testen?", wollte Maja wissen. „Es gibt Eierproduzenten im Landkreis Birkenhain und auch in Märkisch Grünberg. Wir suchen uns einfach einen aus", schlug Arne vor.

Minnie tanzte auf der Tastatur und auf dem Bildschirm war zu lesen: ,Ich würde empfehlen, dass wir einen Schritt vorher beginnen, am besten in dem Zulieferbetrieb für die Brüterei, in der die Legehennen produziert werden. Wenn wir diesen Legehennen unser MegEi verabreichen, legen sie keine Eier mehr und es gibt keine neuen Küken und damit keine neuen Legehennen.' Maja war beeindruckt. „Darüber habe ich mir ehrlich gesagt noch nie Gedanken gemacht. Aber du hast Recht. Wenn wir bei der Zucht der Legehennen anfangen, ist das natürlich effektiver als bei der Eierproduktion für den Handel. Aber wo gibt es solche Brütereien und wer sind die Zulieferer? Ich wüsste gar nicht, wo wir da anfangen sollten." Minnie grinste schlau und tanzte erneut. ,Die sind gar nicht so weit weg. Schnabelweis hat mir erzählt, dass es in Klein-Eisenburg eine große Brüterei mit dem schönen Namen Landfreude gibt. Klein-Eisenburg ist nur 30 Kilometer von hier entfernt. Die Brüterei bezieht ihre Eier aus dem zehn Kilometer enfernten Nachbarort Groß-Eisenburg. Dort werden Eier produziert, die im Gegenteil zu den normalen Hühnereiern, die du im Supermarkt kaufen kannst, von Hähnen befruchtet werden, denn nur aus befruchteten Eiern können Küken ausgebrütet werden. Die weiblichen Küken werden von Klein-Eisenburg in die Eierlege-Fabriken geliefert. Die Brüterei Landfreude beliefert mehrere Bundesländer mit Küken. Bei den Legehennen handelt es sich um eine spezielle Hühnersorte, die ausschließlich zum Eierlegen gezüchtet wurde. Diese Legehennen sind zur Mast als Fleischhähnchen ungeeignet, weil sie nur sehr langsam Fleisch ansetzen. Und weil nur die weiblichen Küken später Eier legen können, sortieren die Menschen alle männlichen Küken sofort nach dem Schlüpfen aus und töten sie. Ich finde das ekelhaft!' Minnie ballte die Pfote.

Arne stieß wütend hervor: „Diese Tierschinder schrecken doch vor gar nichts zurück. Im Herbst habe ich erfahren, wie furchtbar die Mastschweine gequält werden und geglaubt, dass das nicht zu toppen ist. Dann hat uns Minnie über diese grausamen Tierversuche aufgeklärt und jetzt erfahre ich, dass die Tierproduzenten niedliche kleine Küken töten. Warum zum Teufel tut niemand etwas gegen diese Tierquäler?"

Laura und Hanna waren fassungslos. Maja nahm die kleine Laura in den Arm und sagte: „Du hast völlig Recht, Arne. Es ist eine Schande! Der Grund ist wieder mal das Geld. Jeder Eierproduzent muss seine Eier möglichst billig produzieren, damit er sie mit Gewinn verkaufen kann. Das funktioniert am besten in Tierfabriken mit automatisierten Arbeitsabläufen. Die Fließbandproduktion nimmt keine Rücksicht darauf, dass es sich bei Tieren um fühlende Lebewesen handelt, die Ängste und Schmerzen empfinden. Die Agrarlobby hat kein Interesse, an ihren Produktionsmethoden etwas zu ändern. Als die Bundesregierung vor ein paar Jahren die Hühner-Käfighaltung abschaffen wollte, gab es lautstarke Proteste. Der Ausstieg aus der Käfighaltung wurde trotzdem beschlossen. Die Parteien in der nachfolgenden Regierung, haben sich jedoch dem Druck der Hühnerbarone gebeugt und das Käfighaltungsverbot wieder aufgeweicht und so dürfen die Hühner bis zum Jahr 2025 weiter in enge Käfige eingesperrt werden. Wenn Minnies Plan gelingt, werden wir den Ausstieg aus der Käfighaltung beschleunigen. Aber wie bekommen wir das MegEi ins Futter?"

Minnie tippte auf der Tastatur: ‚Die Legehennen-Zuchtanlage in Groß-Eisenburg bezieht ihr Futter aus einer Futtermühle in Mecklenburg-Vorpommern. Sie heißt Vorpommersche Gesundheitsmühle. Jeder kann dort Tierfutter bestellen. Auf der Website der Futtermühle steht: Bei uns wird das Futter in gleichbleibend hervorragender Qualität nach den individuellen Wünschen der Kunden hergestellt. Das klingt doch ganz nach einer computergesteuerten Anlage. Ich denke, da setzen wir an.' „Das klingt ziemlich kompliziert", sagte Hanna nachdenklich. ‚Nicht, wenn du mit deinen Computer-Leuten einen Weg findest, eine Tüte MegEi in die Futterbestellung aus Groß-Eisenburg zu mischen. Den Rest macht der Betrieb dann selber, ohne es zu wissen', erwiderte Minnie und rümpfte grimmig die Nase.

„Dich möchte ich nicht zur Feindin habe", schmunzelte Maja und reichte Minnie eine Haselnuss. „Das klingt nach einem ziemlich guten Plan, wenn ihr mich fragt. Die Zutaten für MegEi besorge ich in der Apotheke. Das kostet sicher nicht die Welt. Weißt du, ob es dabei etwas zu beachten gibt, Minnie?" Minnie leckte sich genüsslich die letzten Nusskrümel vom Schnäuzchen und tippte: ‚Das las sich recht einfach. Die einzelnen Bestandteile müssen zu Pulver gemahlen, gut vermischt und dann für eine Stunde auf achtzig Grad erhitzt werden. Hierdurch wird ein chemischer Prozess in Gang gesetzt, der den Wirkstoff entstehen lässt. Das funktioniert sogar im Backofen. Wir brauchen nur ein Thermometer, damit wir die Temperatur von achtzig Grad für eine Stunde halten können.'

„Für die Zutaten nehmen wir das Geld von Egomann. Da ist es gut angelegt. Meine Computer-Club-Leute werden uns sicher behilflich sein, das MegEi in die Futtermühle und von dort aus nach Groß-Eisenburg zur Legehennen-Zucht zu bringen. Ich kümmere mich nachher darum. Wir könnten ja das Betriebsgelände mit meiner Drohne beobachten. Dann bekommen wir mit, wie unser Mittel wirkt", schlug Hanna vor. Arne schüttelte den Kopf. „Daraus wird nichts. Wir müssten tagelang, wenn nicht sogar wochenlang vor Ort sein. Da spielen meine Eltern nicht mit. Außerdem ist es kalt und ungemütlich und wenn wir uns längere Zeit in der Gegend herumtreiben, fallen wir auf." Minnie erinnerte sich an das Angebot von Schnabelweis: ‚Die Wildtiere haben versprochen, uns zu unterstützen, wenn wir etwas gegen industrielle Massentierhaltungsanlagen unternehmen. Ich werde Schnabelweis bitten, die Brüterei zu beobachten und uns zu berichten, wenn es etwas Neues gibt. Für Vögel ist es kein Problem, sich auf dem Gelände umzusehen.' Das war ein vernünftiger Vorschlag, dem niemand widersprach.

„Ich fahre nachher in die Stadt, um Lebensmittel zu kaufen. Da kann ich gleich die Zutaten für unser Wundermittel mitbringen. Habt ihr Lust mitzukommen, oder wollt ihr die Schweine hüten?" Die Kinder entschieden sich für die Schweine. Hanna schlug vor: „Wir machen den Schlafplatz der Schweinebabys sauber. Maja, vergiss bitte nicht, das Geld von Egomann mitzunehmen." Maja nickte und zog den Geldschein von Egomann unter der Dose hervor, steckte ihn in die Hosentasche. Dann begab sie sich auf den Weg in die Stadt. Arne, Laura und Hanna zogen sich dicke Jacken an und gingen in die Scheune.

Laura nahm ein Ferkel auf den Arm und rief: „Seht mal, das Fell ist wieder ein bisschen gewachsen. Das ist ja goldig! Wollen wir es Goldi nennen? Es bekommt einen ganz dichten blonden Kuschelpelz." Während Laura ihre Wange an dem Ferkel rieb, betrachtete Arne die anderen Ferkel. Auch den gefleckten Schweinchen wuchs ein Pelz. Allerdings waren die Härchen nicht ganz so weich, wie bei den rosafarbenen. Die dunklen Schweine hingegen sahen aus wie ganz normale Frischlinge. „Arne, kannst du bitte ein paar Fotos von den Ferkeln und von Maxi machen. Wenn ich mich nicht täusche, ist auch Maxis Fell seit gestern wieder etwas gewachsen. Ich mache gleich eine Facebook-Seite für Maxi und ihre Schweinekinder. Da beschreiben wir die Entwicklung der Ferkel und stellen Fotos ein. So finden wir bestimmt verantwortungsvolle Menschen, die ein Plätzchen für diese besonderen Schweine haben."

Arne machte Fotos von der Schweinefamilie und den Ferkeln und protokollierte die Entwicklung. Hanna nahm unterdessen Kontakt zu ihren Computer-Freunden auf. Die freuten sich darauf, den Hühner-Quälern eins auszuwischen und versprachen, sich um alles Weitere zu kümmern. Etwas später kam Maja aus der Stadt und packte neben den Lebensmitteln die Zutaten für MegEi aus. Die Kinder machten sich sogleich ans Werk und schon bald war das Medikament fertig. Hanna füllte es in einen Plastikbeutel und versah es mit einer Postfachadresse. Die hatte ihr der Freund aus dem Computer-Club genannt und ihr eingeschärft, mit niemandem über ihre Pläne zu reden. Er war sicher, dass man nach dem Schuldigen suchen würde, wenn die Aktion Erfolg hatte. Deshalb hatte er ein paar Sicherheitsvorkehrungen getroffen, um die Spuren zu verwischen. Er hatte Hanna versprochen, alles Weitere zu veranlassen und versichert, dass er keine Spuren hinterlassen würde. Arne schwang sich aufs Rad und brachte das Paket zum Paketshop nach Eschendorf. Von dort aus ging es noch am selben Tag auf die Reise.

Nachdem alle Vorbereitungen für den Angriff auf die Legehennen-Zucht getroffen waren, kümmerte sich Hanna um das Facebook-Profil für Maxis Nachwuchs. Als Minnie, Laura und Arne am Abend noch einmal die Facebook-Seite von Maxi öffneten, staunten sie nicht schlecht. Maxi hatte bereits zahlreiche Freundschaftsanfragen. Kein Wunder, denn Ines hatte wieder einmal die Finger im Spiel.

Der Lack ist ab

Die Pressemitteilung des Forschungsministeriums schlug in der Fachwelt ein wie eine Bombe. Forschungsinstitute, die sich auf die Grundlagenforschung am Tier spezialisiert hatten, sahen ihre Felle davonschwimmen. Sie befürchteten zu Recht, dass die 200 Mio. € Fördermittel für die Erforschung von Ersatzmethoden in ihren Budgets bei den Tierversuchen eingespart werden sollten. Für sie sollte es sogar noch schlimmer kommen. Etliche Wissenschaftsjournalisten, die die Tierversuchsforscher bislang immer wohlwollend begleitet hatten, begannen kritische Fragen zu stellen. Sie bezogen sich auf die Untersuchung eines Forscherteams. Das hatte herausgefunden, dass mehr als die Hälfte aller Tierversuchs-Studien manipuliert waren. In der Folgezeit zerriss die Tagespresse die Forschungspraktiken vieler Tierexperimentatoren als pseudowissenschaftlich. Im Gegenzug lobten die Journalisten die Forschung am menschlichen Multiorganchip als zukunftsweisend für die medizinische Forschung. Vor diesem Hintergrund würden es Tierexperimentatoren künftig schwer haben, die Öffentlichkeit vom medizinischen Nutzen einer Forschung an gentechnisch manipulierten Tieren zu überzeugen. Die meisten Vertreter dieser Branche begriffen rasch, dass sie sich neu orientieren mussten, wenn sie weiter forschen wollten.

Es gab aber auch Wissenschaftler, die von dieser Berichterstattung geradezu begeistert waren. Sie hatten in der Vergangenheit Ideen und Projektskizzen entwickelt, die sie aufgrund fehlender Fördermittel nicht weiter verfolgen konnten. Das würde sich nun ändern. Selten hatte eine politische Entscheidung so eine Aufbruchstimmung in der Wissenschaftslandschaft erzeugt.

Ines war in aufgekratzter Stimmung als sie Maja anrief. „Dass wir einen so durchschlagenden Erfolg haben würden, hatte ich nicht erwartet. Das ist ein Meilenstein für den Tierschutz." „Ja, die Stimmen, die behaupten, dass Tierversuche für immer unverzichtbar seien werden, sind verstummt. Es wird schon bald deutlich weniger Tierversuche geben, aber abgeschafft haben wir sie damit leider noch nicht", erwiderte Maja nachdenklich. Bei aller Freude war ihr klar, dass weiter an Tieren experimentiert werden würde. Ines machte Maja Mut: „Ich glaube, dass sich die Grundlagenforschung in den nächsten Jahren stark verändern wird. Die Forschung am Tier hat einen schlechten Ruf und bekommt künftig weniger Geld. Die Erforschung von Ersatzmethoden ist durch die Fördermittel so attraktiv geworden, das sie einen großen Zuspruch bekommen wird. Wir müssen einfach dran bleiben und Druck auf die Zulassungsbehörden ausüben. Es darf nicht sein, dass es zehn Jahre und länger dauert, bis eine erfolgreiche tierfreie Ersatzmethode zugelassen wird und die fehlerhaften Tierversuche in der Praxis ersetzen darf. Wir werden weiter dafür streiten müssen, dass keine Tierversuche mehr gemacht werden. Ich bin zuversichtlich, denn wir haben jetzt starke Verbündete. Alle erfolgreichen Wissenschaftler, die tierversuchsfreie Forschungsmethoden entwickelt haben, wollen doch, dass ihre Methoden praktisch angewendet werden. Die werden den Behörden ganz anders Beine machen als wir." Maja sagte nachdenklich: „Von dieser Seite aus habe ich das noch gar nicht betrachtet. Aber du hast Recht. Jetzt kümmern wir uns erst einmal weiter darum, dass die Massentierhaltung abgeschafft wird. Demnächst wird unser Spezialfutter in der Brüterei ankommen. Ich bin gespannt, ob es wirkt." Ines erwiderte: „Dazu habe ich eine gute und eine schlechte Nachricht. Die schlechte zuerst. Mein Vorstand findet das Projekt zwar toll, will aber nicht, dass wir uns beteiligen. Die Leute haben Muffensausen. Das Projekt ist ja auch nicht ganz ohne. Die Brütereien werden alles daransetzen, die Sache aufzuklären und mein Vorstand hat Angst, dass wir zu Schadensersatz verklagt werden. Die gute Nachricht ist, dass ich einen guten Freund habe, dem das völlig wurscht ist. Christoph ist im Vorstand einer großen, im Verborgenen agierenden Tierschutzorganisation. Er ist von eurer Idee begeistert. Wenn euer MegEi funktioniert, will er dafür sorgen, dass das Projekt in ganz großem Maßstab umgesetzt wird. Er hat Erfahrungen mit illegalen Aktionen und keine Angst, erwischt und bestraft zu werden. Ich denke, er ist der Richtige für euch. Ich schicke dir seine Emailadresse. Am besten, ihr nehmt direkt Kontakt zu ihm auf. Kennt eigentlich einer von euch jemanden in der Brüterei, oder wie erfahrt ihr sonst, was dort geschieht? Bitte sag mir sofort Bescheid, wenn es funktioniert. Das wäre so schön." Maja lachte:„ Wenn es funktioniert, erfährst du es als erste und dann sind die Profis am Zuge. Wir kennen zwar niemanden in der Brüterei, aber wir bekommen trotzdem Bescheid, ob unsere Testphase funktioniert. Da haben die Tiere irgendetwas eingefädelt." Nach diesem Gespräch hatte Maja ein gutes Gefühl.

Wie an jedem Morgen hatte die Sekretärin dem Dekan der städtischen Universität auch heute die Post auf den Schreibtisch gelegt. Der Dekan nutzte die vorlesungsfreie Zeit zwischen Weihnachten und Neujahr, um ungestört planen zu können. Unter den üblichen Einladungen und Postsendungen befand sich ein Dossier über Professor Egomann. Nachdem der Dekan es überflogen hatte, rief er seine Sekretärin zu sich und bat sie um Egomanns Personalakte. Dann verglich er den Lebenslauf, den Egomann angegeben hatte mit den Angaben aus dem Dossier. Dass der Professor am Max-Moritz-Institut mit Tieren experimentiert hatte, ging aus der Personalakte hervor. Aber dass er mit einer Firma zur Zucht von Versuchstieren Geld verdient hatte und vielleicht noch verdiente, war ein völlig neuer Aspekt in der Vita des Professors für Ersatzmethoden-Forschung. Wenn das der Wahrheit entsprach und daran war angesichts der vorliegenden Unterlagen kaum zu zweifeln, lag eindeutig eine Interessenkollision vor. Ein Wissenschaftler, der ein wirtschaftliches Interesse an der Zucht von Versuchstieren hatte, konnte nicht gleichzeitig eine Professur besetzen, die auf die Abschaffung von Tierversuchen gerichtet war. Er trug seiner Sekretärin auf, Professor Egomann schnellstmöglich herbeizurufen. Er wollte die Angelegenheit unverzüglich klären, um nicht selbst in die öffentliche Kritik zu geraten. Der Name des Absenders des Egomann-Dossiers war ihm bekannt. Es handelte sich um einen Whistleblower. Er hatte mitgeteilt, dass er gern für Nachfragen zur Verfügung stünde, aber namentlich in der Öffentlichkeit nicht in Erscheinung treten wollte. Er kündigte an, die Akten der Presse übergeben zu wollen, sollte der Vorgang unter den Tisch gekehrt werden. Die Drohung mit der Presse war starker Tobak. Nachfragen hatte der Dekan erst einmal keine, jedenfalls nicht an den Whistleblower. Die Aktenlage war eindeutig. Egomann musste Stellung dazu beziehen, danach würde er entscheiden.

Egomann saß in seinem Wintergarten und grübelte, weshalb sein Privatleben so aus dem Ruder gelaufen war, als ihn der Anruf aus der Uni überraschte. Er war zwar verwundert über den Zeitpunkt des dringlichen Gesprächs, aber nicht besorgt. Er vermutete, dass der Dekan ihn fachlich konsultieren wollte. Schließlich war das Thema Ersatzmethoden-Forschung gerade in aller Munde. Und so fiel er aus allen Wolken, als der Dekan ihn unerwartet mit den Lücken in seinem Lebenslauf konfrontierte. Es gelang ihm nicht, den Vorwurf auszuräumen, dass er Teile seines Lebenslaufes bewusst verschwiegen hatte und er musste zugeben, dass er noch immer Geld mit dem Mäusezucht-Labor verdiente. Angesichts der Faktenlage forderte ihn der Dekan auf: „Herr Professor Egomann, ich empfehle ihnen nachdrücklich, um ihre Abberufung von der Professur für Ersatzmethoden zu ersuchen. Andernfalls müsste ich Sie des Amtes entheben. Ganz ehrlich, ich habe große Zweifel, dass Sie sich mit ganzer Kraft den tierversuchsfreien Forschungsmethoden widmen können. Schließlich verdienen sie ihr Geld mit der Zucht gentechnisch veränderter Mäuse. Wenn das an die Öffentlichkeit kommt, entsteht unserer Universität großer Schaden und für sie selbst wäre das wohl auch kein Ruhmesblatt. Ich bin im übrigen auch menschlich enttäuscht von Ihnen. Für mich ist die Unterschlagung dieses wichtigen Teils in ihrem Lebenslauf ein Vertrauensbruch. Ich gebe Ihnen einen Tag Bedenkzeit, sich zu entscheiden. Auf Wiedersehen, Herr Egomann."

Nachdem Egomann eine halbherzige Erklärung gestammelt hatte, ging er sprachlos aus dem Zimmer. So ein Rausschmiss war dem erfolgsverwöhnten Strippenzieher noch nie widerfahren. Wer zum Teufel hatte ihm das eingebrockt! Unter seinen Kollegen wussten nur wenige von der Firma zur Zucht transgener Mäuse. Er verstand nicht, warum ausgerechnet er denunziert wurde. Schließlich hatten sie alle miteinander Tausende Tierversuche durchgeführt. Viele hatten davon profitiert. Wenn jetzt die tierversuchskritischen Kollegen von seinem Zuchtlabor erfuhren, würden sie es an die große Glocke hängen und ihn genüsslich demontieren. Dann war endgültig Schluss mit seiner wissenschaftlichen Karriere. Der Gedanke, in der Wissenschaftslandschaft keine Rolle mehr spielen zu dürfen, tat weh. Ihm war klar, dass er um seine Abberufung bitten musste, um größeren Schaden zu verhindern.

Als ihn später seine überraschten Kollegen nach den Gründen seines Ausscheidens befragten, erklärte er: „Die Professur für Ersatzmethoden hat mich sehr stark in Anspruch genommen. Mir ist klar geworden, dass mein Hauptinteresse der Forschungspraxis gilt und diese Professur raubte mir einfach die Zeit, mein Konzept zur tierversuchsfreien Erforschung von Hirnerkrankungen weiter zu entwickeln. Ich muss zurück in die Praxis." Das fanden die Kollegen seltsam, da Egomann nie zuvor von einem solchen Konzept gesprochen hatte.

Das konnte er auch nicht, weil diese Idee lediglich eine spontane Eingebung von Egomann war, um seinen Rausschmiss zu tarnen. Allerdings erschien ihm der Gedanke bei näherer Betrachtung gar nicht so verkehrt. Schließlich gab es Fördermittel in dreistelliger Millionenhöhe für Ersatzmethoden-Forschung. Er hatte schon immer den richtigen Riecher und die richtigen Netzwerke gehabt, um die politischen Rahmenbedingungen für seine Zwecke zu nutzen. Und wer weiß, vielleicht würde diesmal sogar etwas dabei herauskommen, was nicht nur nützlich für seinen Geldbeutel, sondern auch sinnvoll für die menschliche Gesundheit war.

Eine schwere Entscheidung

Von all dem bekamen Maja, die Kinder, Minnie und Kasi nichts mit. Sie hatten eine entspannte Zeit bei gutem Essen, Waldspaziergängen, Spielen und spannenden Unterhaltungen mit Minnie. Sie waren zufrieden, weil ihre erfundenen Beiträge zur Forschungsförderung tatsächlich etwas bewegt hatten und künftig weniger Versuchstiere dran glauben mussten. Der Löwenanteil des Erfolges gebührte zweifelsfrei Minnie. Aber es war dennoch ein Gemeinschaftserfolg, der ohne Maja, Ines, Arne und Hannas Computer-Club nicht möglich gewesen wäre.

Schnabelweis hatte versprochen, die Entwicklung in der Brüterei zu beobachten und sich sofort zu melden, wenn es Neuigkeiten gab. Er hatte die Krähen vor Ort um Unterstützung gebeten. Seit der Aktion gegen den Schweinebaron im vergangenen Herbst hatte Schnabelweis einen guten Draht zu den intelligenten Vögeln. Die Krähen kontrollierten ab sofort regelmäßig alle Transportfahrzeuge, die vom Gelände fuhren. Sie würden sofort erkennen, wenn die Kükenlieferungen ins Stocken kommen würden und ihm Bescheid sagen.

Arne dokumentierte fleißig das Haarexperiment und die Entwicklung der kleinen Ferkel. Zu Silvester bedeckte ein dichtes goldblondes Fell Maxis gesamten Körper. Richtig gut sah sie aus und man konnte ihr ansehen, dass sie sich sauwohl fühlte. Auch die Ferkel entwickelten sich prächtig. Die fünf dunklen Tiere unterschieden sich äußerlich nicht von Wildschweinen, während die gescheckten und rosafarbenen den selben goldblonden beziehungsweise goldblond-schwarz gescheckten Haarwuchs aufwiesen wie ihre Schweinemutter. Allerdings verhielt sich eins der fünf dunklen Ferkel anders als die anderen fünf dunkelgestreiften. Es spielte lieber mit seinen hellen Geschwistern in der Scheune beziehungsweise auf Majas Hof, während die anderen vier Wutz bald auf seinen Streifzügen außerhalb des Hofes begleiteten. Dieses eine dunkle Ferkel sah aus wie ein Frischling, war jedoch viel sanfter.

Hanna stellte täglich neue Fotos auf die Facebook-Seite der Ferkel. Etliche Streichelzoos hatten Interesse an den kleinen Schweinen bekundet. Auch ein Versuchslabor hatte sich gemeldet. Die Forscher fanden die dicht behaarten Schweine interessant für die Agrarindustrie.

Sie hatten in einer persönlichen Nachricht angefragt, ob sie die Fellferkel kaufen könnten um zu untersuchen, wie hoch die Heizkostenersparnis bei der Verwendung von Fellschweinen in der Massentierhaltung wäre. Die Kinder gingen vor Empörung fast durch die Decke. Minnie jedoch tanzte eine höfliche, kühl formulierte Absage auf der Tastatur. Anschließend kündigte sie diesen Forschern die Facebook-Freundschaft.

Um die Ferkel mussten sich Maja und die Kinder jedenfalls keine Sor-

gen mehr machen. Sie würden ein gutes zu Hause finden. Es gab mehr Interessenten als Schweinchen, so dass sie sogar zwischen verschiedenen Kinderbauernhöfen und Streichelzoos auswählen konnten. Dennoch war Arne betrübt, als das Ende der Ferien nahte. Maja knuffte Arne in die Seite. „Lass nicht die Ohren hängen, ihr könnt doch in den Winterferien wieder herkommen." Arne blickte zur Fensterbank, die zum Stammplatz von Kasi und Minnie geworden war und schüttelte den Kopf. Dicht an Kasi gekuschelt schlief zufrieden die Labormaus. Die beiden waren ein unzertrennliches Paar geworden. Nur wenn Minnie am Computer las oder schrieb, oder wenn Kasi ihre Streifzüge über den Hof machte, waren sie nicht zusammen. „Es ist nicht das Ferienende. Ich kann mich nicht entscheiden, was mit Minnie werden soll", sagte Arne traurig. „Ich möchte so gern, dass sie bei mir ist. Aber meiner Mutter brauch' ich damit gar nicht erst zu kommen. Sie würde es nicht erlauben. Ich könnte Minnie heimlich wieder mit nach Hause nehmen und sie dort verstecken, wie vor den Ferien. Aber das ist auf Dauer keine Lösung. Irgendwann fliegt das auf und eigentlich ist es ja auch eine Zumutung für Minnie, wenn sie ständig vor Mutter auf der Hut sein muss. Sieh doch mal, wie wohl sie sich hier bei Kasi fühlt." „Arne, ich glaube, du wirst langsam erwachsen. Du bist verantwortlich für Minnie und ich glaube, dass du die richtige Entscheidung treffen wirst. Meinst du nicht, dass du Minnie fragen solltest, was sie sich wünscht?", schlug Maja vor. Hanna und Laura verfolgten aufmerksam das Gespräch. Arne ging zum Fenstersims und streichelte Minnie. „Minnie, morgen holen uns meine Eltern ab. Willst du mit uns zurück in die Stadt kommen?"

Minnie streckte sich und kletterte dann auf Arnes Hand. Der trug sie zum Tisch, auf dem der Laptop stand. Minnie tanzte auf der Tastatur: ‚Ich habe deine Frage erwartet und denke schon eine Weile darüber nach. Wenn du es möchtest, komme ich natürlich mit. Du hast mich aufgenommen und behütet. Ich bin dir unendlich dankbar und ich mag dich und Laura sehr gern. Aber entspannter lebt es sich für mich hier bei Maja. Das große Katzentier beschützt mich. Ich muss mich nicht verstecken und seit Weihnachten hat Maja sogar einen Computer, der mir den Zugang in die Welt des Wissens ermöglicht und mit dem ich dich jederzeit erreichen kann. Also, wenn es dir nichts ausmacht, würde ich lieber hier bleiben.' Arne nickte traurig. Er hatte befürchtet, dass sich Minnie so entscheiden würde. Laura hatte Tränen in den Augen: „Minnie, ich kann mir gar nicht mehr vorstellen, wie es ohne dich ist. Was sollen wir nur machen!" Minnie tippte: ‚Du wirst mir auch fehlen, kleine Laura. Aber bei euch zu Hause müsste ich ständig in Angst leben. Verstehst du mich?' Laura nickte. Hanna bemühte sich, Arne und Laura den bevorstehenden Abschied zu erleichtern. „Ich glaube, dass es für die Ferkelchen und auch für unsere Aktion in der Kükenfabrik vorteilhaft ist, wenn Minnie hier bei Maja bleibt. Minnie kennt sich im

Internet und mit dem Laptop besser aus als Maja und kann sie unterstützen. Vor allem wird Minnie von Schnabelweis erfahren, wenn sich in der Brüterei etwas tut und es für uns übersetzen. Wie sollten wir sonst erfahren, ob es funktioniert?" Die Argumente waren nicht von der Hand zu weisen und so entschied Arne: „Also gut, Minnie, dann bleibst du bei Oma, betreust die Facebook-Seite der Ferkel und hältst uns auf dem Laufenden. Wir sehen uns mindestens einmal am Tag über Skype. Dann wissen wir immer, wie es dir geht und was hier geschieht. Bist du einverstanden?" Minnie trippelte: ‚Und wie! ;-)'

Kurz darauf klingelte Majas Telefon. Egomann war am Apparat. „Moment bitte. Am besten, Sie fragen Hanna selbst." Mit den Worten: „Für dich", reichte Maja den Hörer an Hanna weiter. „Ja?", sagte Hanna und nach einer Weile: „Alles gut!", und dann etliche Minuten später: „Sooo? Ich will trotzdem lieber mit Arne, Laura und seiner Oma feiern. Nein, du musst mich nicht abholen. Arnes Eltern nehmen mich mit nach Hause.... Tschüß,... ja, du auch." Als Hanna aufgelegt hatte, schüttelte sie den Kopf. „Komisch", sagte sie. „Egomann war ganz anders als sonst. Er hat mich gefragt, ob ich mit ihm Silvester feiern will. Er hat behauptet, dass er die Professur für Ersatzmethoden zurückgegeben hat, weil er mir einen Gefallen tun wollte. So ein Blödsinn! Er kann ja nicht wissen, dass meine Computer-Leute das Dossier über ihn erstellt haben und dass Ede nicht nur Mitglied in meinem Computer-Club, sondern auch ein leidenschaftlicher Whistleblower ist. Ede hat das Dossier an den Dekan der Uni geschickt und Egomann ist mit seinem Rückzug lediglich seinem Rausschmiss zuvorgekommen. So ist das gewesen. Auf alle Fälle setzt ihm das ganz schön zu. Meine Mutter ist mit ihren Freundinnen über Silvester verreist und jetzt sucht er jemanden, damit er nicht allein ist." Maja sagte: „Mir tut er fast schon leid." „Mir nicht, dieser Mann hat kein Herz. Er verdient kein Mitleid!", erwiderte Hanna. „Ganz schön hart!", stellte Arne fest. Hanna nickte. „Ja, aber sonst hätte ich das zu Hause nicht durchgestanden."

„Themenwechsel!", ordnete Maja an. „Heute ist Silvester. Bei mir wird zwar nicht geknallt. Das ist nichts für Tiere, aber feiern werden wir trotzdem." Sie spielten den ganze Abend lustige Rate- und Brettspiele und verbrachten einen ganz besonders fröhlichen Silvesterabend, weil

Minnie natürlich mitspielte und sich immer wieder beim Schummeln erwischen ließ.

Zwei Tage später kamen Olaf und Gerda, um die Kinder abzuholen. Denen fiel der Abschied diesmal besonders schwer, schließlich mussten sie nicht nur Maja und die Schweinefamilie, sondern auch Minnie zurücklassen. Maja erneuerte ihre Einladung an Arne, Laura und Hanna, sie bald wieder zu besuchen und Arne gelang es, den Eltern das Versprechen abzuringen, sie in den Winterferien wieder für eine Woche zu Maja nach Eschendorf zu bringen.

Winterüberraschungen

Die Januarwochen verliefen entspannt. Zur Überraschung aller beteiligte sich Hanna in der Schule wieder am Unterricht und schrieb sogar gute Noten, so dass Egomann von seiner Entscheidung absah, sie im Internat anzumelden. Hannas Mutter und Egomann hatten nach wie vor kaum Zeit für das Mädchen. Ihre Mutter war ständig unterwegs, um mit ihren Freundinnen den neuesten Trends hinterher zu jagen und um Kosmetik- und Wellnesstudios zu besuchen. Und Egomann traf sich regelmäßig mit dem Geschäftsführer und dem Laborleiter seines ehemaligen Mäusezuchtlabors. Den Männern war klar, dass über kurz oder lang die Nachfrage nach gentechnisch veränderten Mäusen ausbleiben würde und dass sie ihr Geld auf anderem Wege verdienen mussten. Von den Fördergeldern zur Erforschung von Ersatzmethoden hatten sie gehört und so beschlossen sie, Nägel mit Köpfen zu machen und sich um diese Forschungsgelder zu bewerben. Sie suchten nach Kooperationspartnern, da sie wenig Ahnung von dem Thema hatten. Egomann hatte bereits einen Forscher der renommierten Harvard-Universität kontaktiert. Der war bereit gewesen, ihm seine Erfolg versprechenden Untersuchungen für die Forschung über den Gedächtnisverlust alter Menschen zur Verfügung zu stellen, unentgeltlich! Es handelte sich um eine Forschungsmethode, die völlig ohne Tierexperimente auskam. Die Erforschung von Demenz und Alzheimer war noch immer Forschungsthema Nummer eins, da mehr und mehr alte Menschen an diesem persönlichkeitszerstörenden Gedächtnisverlust litten. Egomann war zuversichtlich. Gemeinsam mit anderen europäischen Experimentatoren würde er ein Konzept entwickeln, mit dem er nicht nur an die Fördermittel des Bundesministeriums gelangen, sondern auch die Fördertöpfe der EU abgreifen konnte.

Immer wenn die Schule zu Ende war, trafen sich Arne und Hanna. Dann skypten und chatteten sie ausgiebig mit Minnie und mit Maja und betrachteten staunend Majas Fotos, auf denen neun im Schnee tobende Ferkel und eine prachtvolle goldblonde Schweinemutter zu sehen waren. Zweifellos fühlten sich die Schweine trotz der klirrenden Kälte sauwohl, denn ein dichter, flauschiger Pelz schützte sie vor dem Frost. Die Schweinchen fraßen mit großem Appetit und wuchsen zusehends.

Vier der dunklen Ferkel waren etwas kleiner aber dafür unterneh-
mungslustiger und ungestümer als die hellen und die gefleckten. Maja
berichtete, dass sie Wutz regelmäßig folgten, wenn er auf Nahrungssu-
che ging. Sie liefen schon bis zum Eichenwäldchen, um von den Eicheln zu naschen. Maja wunderte sich über Wutz, denn es war absolut
ungewöhnlich, dass sich ein Keiler um seinen Nachwuchs kümmerte.

Nach einer ausführlichen Beratung mit Minnie hatte Maja den Operati-
onstermin von Kasi abgesagt und ihr kurzerhand eine Dosis MegEi
verabreicht. Maja wollte Kasi damit den Eingriff ersparen und sie dennoch vor unerwünschtem Nachwuchs schützen. Auch Maxi hatte von
dem Präparat bekommen. Beide hatten es gut vertragen. Ob es wirk-
sam war, würde man allerdings erst in einigen Monaten genau wissen.
Jetzt kuschelten Kasi und Minnie auf der Fensterbank. Die Schweinefamilie ruhte in der Scheune. Alles war im Lot.

Als Laura, Arne und Hanna gleich am ersten Ferientag wieder zu Maja
fuhren, war die Wiedersehensfreude riesig. Minnie rollte sich zufrieden
auf Arnes Schoß zusammen, während Kasi sich auf den Rücken drehte
und es schnurrend genoss, dass Laura und Hanna ihr den Bauch kraul-
ten. Als die Kinder die Scheune betraten, mussten sie herzhaft lachen.
Die Ferkel waren groß geworden und vergnügten sich mit Lauras rotem
Ball. Sie schubsten ihn vor sich her, sprangen mit Bocksprüngen über
ihn hinweg und kugelten sich im Stroh. Die Schweinchen strotzten nur
so vor Lebensfreude. „Gut fasst du dich an mit deinem blonden Pelz.
Seht mal, wie es lacht!", rief Laura, die ein auf dem Rücken liegendes
rosa Ferkel streichelte, das die Mundwinkel nach oben gezogen hatte.
„Du bist Goldi und du Sonni!" Laura tippte auf das andere rosa
Schwein. „Und du bist Schecki und du Flecki", jetzt zeigte sie auf die
die beiden gefleckten Ferkel. „Und wie heißen die dunkel gestreiften
Ferkel?", erkundigte sich Maja. „Die sehen für mich alle gleich
aus." „Die vier wilden heißen alle Klein-Wutzi", erwiderte Laura ernsthaft, „und den Sanften nennen wir Schmusi." Arne und Hanna grinsten
sich an und Maja erwiderte: „Ach so, ja dann..."

Während Arne mit den Ferkeln den Ball kickte und Laura Goldi kraulte,
erkundigte sich Hanna: „Wie steht es mit den Interessenten für die
Schweinchen, Maja? Sind welche dabei, denen du sie gerne anver-

trauen würdest?" Maja nickte fröhlich: „Ja, sechs Leute beziehungsweise Vereine interessieren sich ernsthaft für die Ferkel. Ich werde aber nur die hellen und die gefleckten weggeben müssen und vielleicht den Schmusi. Bei ihm bin ich mir noch nicht sicher. Die Klein-Wutzis sehen nicht nur aus, wie kleine Wildschweine, sie benehmen sich auch so. Ich glaube, die zieht es in den Wald. Ich will versuchen, sie auszuwildern. Förster Willi ist zwar nicht sehr glücklich darüber, wird mir aber trotzdem dabei helfen. Wenn das nicht klappt, kann ich sie an einen Wildpark abgeben. Willi kennt einen Wildpark-Betreiber, der Interesse an solchen Mischlings-Schweinen hat. Sie hätten dort einen ähnlichen Lebensraum, wie hier bei uns. Für Goldi und Flecki habe ich einen Kinderbauernhof in der Stadt im Auge. Sie lieben es, wenn man sie streichelt und werden sich dort wohl fühlen. Für Sonni und Schecki habe ich jemanden ausgesucht, der seltene und besondere Schweine hält. Ein Liebhaber, bei dem die Schweine einfach nur Schwein sein dürfen. Dass die Ferkel eine so rosige Zukunft haben, verdanken sie dir, Hanna. Du hast die Ferkel-Facebook-Seite gemacht. Du glaubst gar nicht, wie froh ich darüber bin." Hanna lächelte. „Das hat mir doch Spaß gemacht, ich freue mich genauso wie du, wenn es die Ferkel gut haben."

Die Spezialbehandlung

An einem trüben Februarvormittag krächzte es vor der Scheune. Eine Krähe hatte sich auf dem Apfelbaum in Majas Garten niedergelassen. Schnabelweis war umgehend von seinem Ausguck auf dem Heuboden heruntergeflogen, um mit ihr zu reden. Als er auf dem Apfelbaum landete, schlug die Krähe mit den Flügeln. Korx, der Anführer der Krähenschar war selbst gekommen. „Welche Ehre, Korx! Herzlich Willkommen! Hast du gute Nachrichten für uns?" Korx krächzte: „Das will ich meinen, sonst hätte ich den weiten Weg nicht auf mich genommen! In der Brüterei ist die Hölle los." „Das hört sich gut an", freute sich Schnabelweis. „Was genau ist passiert?"

Korx berichtete: „Wir haben uns in der Gegend um Eisenburg eingerichtet und beobachten seit Anfang Januar die Legehennenzucht und die Brüterei. Normalerweise kommt jeden Tag eine Eierlieferung aus dem Klein-Eisenburger Legehennen-Zuchtbetrieb in der Brüterei von Groß-Eisenburg an. Doch seit gestern ist Schluss damit. Heute morgen hat der Amtstierarzt die Hähne und die Legehennen untersucht. Er konnte keine Anzeichen einer Erkrankung feststellen. Die Hähne sind putzmunter und auch bei den Zuchthennen ist alles wie immer. Sie fressen mit Appetit, aber sie legen nicht mehr. Wenn das so bleibt, geht der Brüterei Landfreude der Eier-Nachschub aus. Dann müssen die dicht machen. Normalerweise produziert diese Brüterei achtzigtausend Küken pro Woche. Der Ausfall wird sich in spätestens fünf Monaten auch bei der Eierproduktion bemerkbar machen. Die Hennenzüchter sind völlig ratlos, was sie tun sollen, damit die Hennen wieder Eier legen. Sie befürchten, dass über kurz oder lang auch die Produktionsanlagen anderer Firmenstandorte betroffen seien könnten und suchen fieberhaft nach den Ursachen. Aber ich finde, das geschieht ihnen recht, so schlecht, wie sie die Hühner behandeln! Weißt du, dass sie die männlichen Küken sofort nach dem Schlüpfen töten? Abartig, ist das!", empörte sich Korx. „Mein Mitleid mit den Eier- und Kükenproduzenten hält sich auch in Grenzen", stimmte Schnabelweis zu. „Da können sie lange suchen, wenn sie die Ursachen für die rätselhafte Entwicklung herausfinden wollen." Korx war neugierig geworden: „Kennst du denn die Ursache?" „Klar", zwitscherte Schnabelweis munter. „Es ist ganz einfach, es liegt am Futter!" „Aber dann müssten sie doch nur das Futter untersuchen und wüssten sofort Bescheid!" Schnabelweis kicherte: „Nee, so einfach ist das nicht. Ein Spezialfutter hat die Hühner unfruchtbar gemacht. Die Hühner haben es vor vier Wochen gefressen. Davon dürfte nichts mehr übrig sein!" Korx war mulmig zumute. Er machte sich Sorgen um den Nachwuchs seines Krähenvolkes und erkundigte sich: „Einmal fressen reicht aus, um Hühner für immer unfruchtbar zu machen? Hoffentlich liegt das Zeug nicht irgendwo herum, so dass meine Brüder und Schwestern sich daran vergiften können!" Schnabelweis schüttelte den Kopf: „Mach dir keine Sorgen, dieses Spezialfutter setzen wir nur in schlechten Tierhaltungen ein. Die Menschen, mit denen wir zusammenarbeiten, mögen Tiere und handeln verantwortungsvoll." „Da fällt mir aber ein Stein vom Herzen", erwiderte Korx, ohne restlos überzeugt zu sein. „Ich fliege zurück nach Eisenburg. Wenn es etwas Neues gibt, sage ich dir Bescheid. Mach's gut!" „Danke Korx! Bis zum nächsten Mal!", rief Schnabelweis der Krähe nach, die sich in die Luft schwang und davon flog.

Bei der nächsten Gelegenheit berichtete Schnabelweis Minnie von den Entwicklungen in der Brüterei und Minnie teilte es den Anderen umgehend am Laptop mit.

„Das ist ja wunderbar!", freute sich Maja und ging zum Telefon. „Das muss ich sofort Ines erzählen." Etwa eine halbe Stunde telefonierte sie mit Ines. Als sie aufgelegt hatte, lächelte sie verschwörerisch. „Im nächsten Jahr gibt es höchstens noch Bio-Ostereier!"

Hanna setzte sich sofort an den Laptop. „Ich schreibe gleich an Specht. Er hat ziemlich viel zu sagen in der Computer-Szene, obwohl ihn niemand persönlich kennt. Specht ist klug und kann schweigen wie ein Grab. Ich hatte ihm in den Weihnachtsferien die Kontaktdaten von Christoph geschickt, der für eine große Tierschutzorganisation arbeitet. Specht wird sich mit Christoph in Verbindung setzen und ihn dabei unterstützen, unser MegEi auch in anderen Hühnerproduktionsanlagen einzusetzen. Die beiden werden direkt verabreden, was getan werden muss. Je weniger Leute davon erfahren, desto besser."

Ausblick

Minnie war rundum zufrieden, auch wenn sie die ersten graue Haare bekommen hatte. Zwei Jahre nach der ersten MegEi-Anwendung in der Geflügelzucht war die konventionelle Eierproduktion völlig eingebrochen. Es gab keine Küken mehr in den Brütereien und demzufolge auch keine jungen Legehennen. Die Eierfabriken waren geschlossen worden. Dasselbe Bild bot sich in den Enten-, Puten- und Gänsefabriken. Doch dabei hatten es die Tierschützer nicht bewenden lassen. Nachdem Majas erster Test an Kasi und Maxi bestätigt hatte, dass der Wirkstoff auch Schweine und sogar Katzen unfruchtbar machte, funktionierte das in der Praxis auch großflächig bei Schweinen und Rindern. Auch sie waren wenige Wochen nach der Einnahme des Präparates unfruchtbar geworden. Deshalb hatten mittlerweile auch die Schweinemastfabriken und die großen Milchproduzenten aufgeben müssen.

Lediglich bäuerliche Tierhaltungen verfügten weiterhin über kleinere Bestände an Geflügel, Schweinen, Rindern, Schafen und Ziegen.

Die entstandenen Engpässe konnten nur kurzfristig durch Importe aus Fernost und Amerika kompensiert werden. Doch kurze Zeit nachdem alle Tiere in europäischen Massentierhaltungsanlagen unfruchtbar geworden waren, ereilte das rätselhafte Phänomen die Tierbestände in den Mastanlagen der anderen Kontinente. Die Wissenschaftler vermuteten nach wie vor einen Virusbefall, konnten aber trotz intensivster Forschung nichts dergleichen nachweisen. Es war unumstößlich. Die industrielle Massentierhaltung funktionierte nirgendwo mehr auf der Welt. Somit war auch das Elend der Tiertransporte und der Schlachtfabriken Geschichte.

Die Hintergründe der unerklärlichen Vorgänge in den Tierfabriken waren nur wenigen Personen und einer Maus bekannt. Minnie war die eigentliche Strippenzieherin. Unermüdlich durchsuchte sie das Internet nach schlechten Tierhaltungen, in denen es sich lohnte, MegEi einzusetzen, um die Tiere unfruchtbar zu machen und so der Tierquälerei die Basis zu entziehen. Es gab unzählige solcher Tierhaltungen und Minnie hatte einen langen Arbeitstag. Aber die Maus stellte ihre Arbeit erst ein, als es nichts mehr für sie zu tun gab, weil irgendwann alle Massentierhaltungen aufgespürt und beseitigt waren.

Minnie arbeitete vollkommen unauffällig mit Specht vom Computer-Club und mit den Krähen zusammen. Krähen gab es überall auf der Welt und Korx hatte dafür gesorgt, dass sie sich gegenseitig und am Ende Minnie stets auf dem Laufenden hielten. Der Hacker mit dem Kurznamen Specht sorgte über die geheimnisvollen Kanäle des Internets für den Nachschub und den punktgenauen Einsatz von MegEi im Tierfutter, bis hin zur effizienten Verfütterung in den Großbetrieben. Er hinterließ keine Spuren und selbst Hanna und Christoph kannten lediglich seine Emailadresse. Also machten sich die Beteiligten keine Sorgen, dass sie erwischt werden könnten.

Christoph hatte Minnie gleich zu Beginn der Zusammenarbeit einen leistungsfähigen Computer zur Verfügung gestellt. Vor allem beschaffte er aus dem Aktionsbudgets seiner Tierschutzorganisation das nötige Geld für die Herstellung von MegEi. Er genoss das volle Vertrauen der Organisation und musste keine Rechenschaft über die Verwendung der Gelder ablegen.

Die unzähligen Ermittler, die den rätselhaften Entwicklungen in den Massentierhaltungsanlagen auf den Grund gehen wollten, waren völlig ratlos. Trotz des Einsatzes modernster Technik und eines internationalen Ermittlungsteams gelang es nicht, Minnie und ihren Freunden auf die Spur zu kommen, einmal, weil sich MegEi schon nach wenigen Stunden nicht mehr nachweisen ließ und zum anderen, weil alle Beteiligten schweigen konnten. Laura konnte sich nicht verplappern, denn sie hatte von all dem gar nichts mitbekommen und die Details der Planung kannte allein Minnie, die sie ausschließlich mit Specht besprach.

Der Ausstieg aus der Massentierhaltung hatte gravierende Folgen. Die Natur profitierte von der Entwicklung und auch die allermeisten Menschen. Die Wälder und Felder erholten sich sichtbar von den Belastungen mit Gülle und Ammoniak. Schon ein Jahr nach dem Ende der Massentierhaltung hatte sich der Waldzustand messbar verbessert. Da keine Futtermittel mehr für die Fleischproduktion angebaut werden mussten, wurde weniger Ackerfläche benötigt, so dass die Rodung von Wäldern gestoppt und sogar Aufforstungsprogramme begonnen wurden. Das Grundwasser würde wohl noch viele Jahrzehnte brauchen, um sich von den Schadstoffeinträgen durch die Gülle zu erholen. Auch der positive Einfluss auf die Klimaerwärmung würde sich erst in einigen Jahren bemerkbar machen, obwohl sich der unmittelbare Schadstoffausstoß mit dem Zusammenbruch der industriellen Tierproduktion drastisch verringert hatte. Manches brauchte eben Zeit.

Viele Menschen vermissten das Billigfleisch und wollten die positiven Veränderungen nicht wahrhaben. Sie beklagten sich vor allem, weil sie gezwungen waren, ihre Jahrzehnte alten Essgewohnheiten zu ändern. Manch einer scheiterte kläglich bei seinen ersten Versuchen, fleischlos zu kochen. Die Stimmung weiter Teile der Bevölkerung sank auf den Tiefpunkt. Es entstand sogar eine Fleischpartei. Sie versprach den Menschen die Rückkehr zur Massentierhaltung. Die Fleischpartei konnte zwar kein Konzept vorlegen, wie das geschehen sollte, aber viele Wählerinnen und Wähler glaubten den Versprechungen. Sie wurden später bitter enttäuscht und so erwies sich die Fleischpartei als Eintagsfliege im politischen Geschäft. Schon bei der nächsten Wahl wurde sie nicht mehr gewählt und niemand gab zu, sie je gewählt zu haben.

Parallel dazu entwickelte die Lebensmittelindustrie hektische Betriebsamkeit. Die Produktion von Fleischersatzprodukten wurde angekurbelt. Manches kam dem Fleischgeschmack nahe, doch nicht alles, was da hergestellt wurde, war genießbar. Viele Fleischersatzprodukte waren ebenso ungesund wie Billigfleisch, nur dass sie nicht durch multiresistente Keime und Medikamentenrückstände sondern durch allerlei zweifelhafte chemische Zusätze und Geschmacksverstärker belastet waren.

Am besten waren die dran, die sich schon längere Zeit fleischfrei ernährt hatten. Sie mussten nicht umlernen. Profiteure der Situation waren Anbieter von vegetarischen und veganen Kochkursen. Sie hatten Hochkonjunktur. Stück für Stück setzte sich die Erkenntnis durch, dass man überraschend viele und leckere Gerichte aus Gemüse, Getreide und Gewürzen herstellen konnte. Viele eingefleischte Fleischliebhaber profitierten persönlich sehr davon, dass Fleisch nur noch selten zu haben war. Durch die fleischarme Ernährung purzelten bei vielen die

Pfunde. Die Zahl der Fettleibigen sank und die Herz-Kreislauf-Erkrankungen ging stetig zurück. Wissenschaftler prophezeiten, dass diese Ernährung auch andere moderne Degenerationserscheinungen zurückdrängen würde. Die Mediziner äußerten die Hoffnung, dass man bald die Probleme mit den multiresistenten Keimen in den Griff bekommen würde, da Antibiotika zumindest in der Tierhaltung kaum noch eingesetzt werden mussten.

Ein paar ganz Schlaue hatten die Idee, die Massentierhaltung mit anderen Tierarten auszuprobieren und scheiterten schon beim ersten Versuch. Der Buschfunk oder vielmehr der Krähenfunk übermittelte Minnie derartige Entwicklungen umgehend, so dass sie unverzüglich mit Specht die notwendigen Gegenmaßnahmen einleiten konnte.

Die Erforschung tierfreier Testmethoden hatte einen sensationellen Aufschwung genommen. Es gab nicht nur erfolgversprechende, sondern sogar erfolgreiche neue Testmethoden wie zum Beispiel den 3D-Druck von menschlichem Zellgewebe oder den Multi-Organ-Chip, der inzwischen das Wechselspiel aller Organe im menschlichen Organismus simulieren konnte und es war den Forschern gelungen, Stammzellen aus menschlichen Zellen zu regenerieren und aus ihnen einzelne Organe zu züchten. Es sah so aus, dass man bald aus körpereigenen Zellen komplexe Organe herstellen und sie gegen erkrankte austauschen können würde. Die Zulassungsbehörden waren bedeutend entscheidungsfreudiger als früher. Sie brauchten keine Jahrzehnte mehr, bis sie neue Testmethoden für alltagstauglich erklärten und sie offiziell genehmigten. Deshalb durfte der Multi-Organ-Chip inzwischen für Standardtests verwendet werden und das ersparte Millionen qualvoller Tierversuche. Das alles geschah nicht von allein. Die Tierschützer hatten mit ihren Protestaktionen Druck auf die Politik gemacht und die wiederum hatte den Zulassungsbehörden auf die Sprünge geholfen.

Und Minnie?

Minnie führte ein entspanntes Leben auf dem Hof von Oma Wunderlich. Wenn sie nicht gerade vor dem Laptop saß, döste sie zufrieden an Kasis Seite auf dem Fensterbrett. Die Kinder kamen regelmäßig zu Besuch. Minnie war rundum zufrieden, bis zu jenem Tag, als sie im Internet auf einen Beitrag über einen großen Zoo gestoßen war. Als sie an diesem Abend mit Arne skypte, grummelte sie: „Arne, ich muss unbedingt einmal in den Zoo von Bärenstadt." Arne kräuselte die Stirn:

„Du hast einen bestimmten Grund, stimmt's?" Minnie nickte energisch. „Ich bin sicher, da gibt es allerhand zu tun für uns." Arne versprach: „Okay, dann planen wir in den Sommerferien einen Zoo-Ausflug nach Bärenstadt ein. Ich war ewig nicht im Zoo. Ich bin gespannt, was du diesmal vorhast."

Mein Dank gilt allen kritischen Wissenschaftlerinnen und Wissenschaftlern, die bereit sind, den unbequemen Weg der Erforschung von Ersatzmethoden zum Tierversuch zu beschreiten. Sie haben mir Einblicke in dieses komplizierte Thema ermöglicht und begründen meinen Optimismus, dass Tierversuche in naher Zukunft durch eine ethische und für die menschliche Gesundheit effiziente Forschung ersetzt werden können.

Rosi, Moni und Matthias danke ich für ihre Unterstützung.

* Die Firma TissUse entwickelt in Berlin derzeit einen menschlichen Multi-Organ-Chip. In Größe und Form ähnelt er entfernt der Zeichnung auf Seite 45.

Zeitfracht Medien GmbH
Ferdinand-Jühlke-Straße 7
99095 Erfurt, Deutschland
produktsicherheit@kolibri360.de